Renan Demirkan

Septembertee
oder
Das geliehene Leben

ISBN 978-3-378-01098-7

Gustav Kiepenheuer ist eine Marke der
Aufbau Verlagsgruppe GmbH

1. Auflage 2008

Einbandgestaltung CAPA, Anke Fesel
Druck und Binden CPI Clausen & Bosse, Leck
Printed in Germany

www.aufbau-verlagsgruppe.de

Für die, die geblieben sind und sich weggesehnt haben, und für die, die weggingen, aber nicht bleiben konnten.
Für die, die das nicht verstehen können, und für die, die es verstehen wollen.
Für zwei Menschen, die so verschieden waren wie das Schwarz und Weiß auf dem Schachbrett.
Für meine Mutter.
Für meinen Vater.

Die Zeit steht still. Wir sind es, die vergehen.

Mascha Kaléko

EIN ICH WIRD MAN NICHT ALLEIN

Religion, Familie und Gemeinschaft geben nur die Bühne ab – das Stück muss jeder selbst schreiben.

Pico della Mirandola,
Über die Würde des Menschen

Es war mir immer unverständlich, wie sich Menschen festlegen können. Festlegen auf *einen* Beruf zum Beispiel, oder auf *einen* Mann fürs Leben oder aber auch auf *eine* »Leitkultur« für alle. Wie soll das denn gehen?, frage ich. Kein Mensch besteht aus nur *einer* Erfahrung. Oder aus nur *einer* Begegnung. Keine Kultur aus nur *einer* Geschichte. Das Leben ist weder monothematisch noch monokausal.

Ich selbst kann mich an keinen Tag erinnern, an dem ich von morgens bis abends immer derselbe Mensch gewesen wäre: Ich war abwechselnd und zuweilen auch gleichzeitig Tochter und Schülerin, Schwester und Freundin, Geliebte und Mutter, Türkin und Deutsche, Nachbarin, Angestellte und

Kollegin. Dabei ist keines dieser Ichs eine Solistin, denn jede Erfahrung mit einem neuen Gegenüber geht »nahtlos und ohne unausgefüllte Zwischenräume« in die Erfahrung mit dem Nächsten über und »bewahrt gleichzeitig ihre Identität«, wie der Philosoph John Dewey in »Kunst als Erfahrung« schreibt.

Das heißt, man hat nie nur ein Leben, sondern besteht aus verschiedenen Paralleluniversen. Wir sind gemacht aus dem Genpool unserer Ahnen und unseren eigenen Erfahrungen. Deshalb, so Dewey, »existiert kein Mensch ausschließlich innerhalb des Bereichs seiner eigenen Haut«. Wir sind vielmehr ein Echo all der Leben, die uns abverlangt werden, und versuchen im täglichen Dazwischen mühsam, ein selbstbestimmtes und einmaliges Ich zu kreieren. Und werden dabei nur zu einem neuen Echo, nämlich dem unserer eigenen Wunschvorstellungen.

Je mehr ich versuchte, irgendeine Art kontinuierliche Identität in mir zu finden, je öfter ich fragte: Wer bin ich mit welchem Gegenüber? Und wie verhalte ich mich in dem jeweiligen Kontext?, desto mehr Erfahrungswelten fächerten sich in mir auf. Und ich sah, dass ich als Tochter meiner Mutter eine andere Tochter war als die Tochter meines

Vaters. Ich war als Vertraute meiner Schwester eine andere als die Vertraute meiner Freundin Evelyn. Ich war bei meiner Klassenlehrerin eine andere Schülerin als bei der Mathelehrerin, bei meiner Sprechtechnikdozentin wurde ich automatisch eine andere Studentin als bei dem szenischen Lehrer.

Jede dieser Veränderungen geschah ohne Druck oder Verstellung, denn jedes neue Gegenüber forderte mir ein anderes Verhalten und Denken ab. Ich merkte nur erst viel später, dass ich oft überfordert war und es nach wie vor immer wieder bin, wenn ich etwas völlig Neuem begegne. Aber ich möchte keine dieser Erfahrungen missen, denn ich habe nur dazugelernt.

Jedoch entwickelte sich zu meiner Verwunderung statt eines klar überschaubaren Ichs zunächst eine Art Kessel Buntes in mir, ein chaotisches Ich-Potpourri, das sich bis zur Geburt meiner Tochter sogar in einen sehr verwirrenden und dissonanten Freejazz verwandelte.

Dagegen spüre ich heute mit jedem Jahr, das ich älter werde, eine größere Mühelosigkeit und Selbstverständlichkeit im Umgang mit all den verschiedenen Ichs. Aus dem Freejazz ist Swing geworden, ein Mix aus James Last und den Les

Humphries Singers, auch wenn das ein wenig an Fahrstuhlmusik erinnert. Im Laufe der Jahre sind meine zornigen Anteile mit den schüchternen eine Menge Kompromisse eingegangen, die neugierigen mit den ängstlichen, die albernen mit den traurigen.

Vielleicht ist der größte Vorteil des Älterwerdens, dass sich die verschiedenen Erfahrungen irgendwann von selbst miteinander versöhnen. Ich empfinde es als sehr befreiend, mich nicht mehr ständig für oder gegen etwas verteidigen zu müssen. Es macht mir sogar richtig Spaß, einfach nur dazustehen und mit dem Finger den Rhythmus zu schnipsen, ganz so wie James Last vor seinem Orchester, und die Mutter mit der Schauspielerin, die Autorin mit der Geliebten oder die Türkin mit der Deutschen tanzen zu lassen. Und das ist gut so, denn sonst wäre ich eine Irre, zusammengesetzt aus einem Dutzend verstreuter Solisten.

Trotzdem ist dieses gemischte Kulturwesen, das ich heute bin, nicht bloß die Addition all dieser Erfahrungen, denn mein Sehen und Begreifen setzt sich auch zusammen aus dem Licht und den Gerüchen, die diesen Erfahrungen innewohnen, aus den Gesichtern und Orten, aus deren Geschichten, Liedern und Farben. Doch auch diese äußerst komplexe interaktive Kette erklärt nicht endgültig, warum ich lieber dieses will als jenes, warum mich ein ganz bestimmter Typ Mensch anzieht und ein anderer abstößt oder sogar anekelt. Denn ich bin auch in jedem Atemzug das Ergebnis der Erziehung meiner Eltern, deren Anerkennung, Kritik und deren unterschiedlicher Art zu lieben. Ein Ich ist mehr als die Summe rein biologischer Prozesse.

Unser Bewusstsein funktioniert ähnlich wie ein Symphonieorchester. Es ist der große Klangkörper aller Instrumente, eine Magie, die kein Analytiker zu entschlüsseln vermag, weil jeder Mensch sein eigenes Lebenskonzert spielt, mit seiner ureigenen Erlebnis-Komposition, im Vertrauen auf die große Welthand, die ihn dirigiert. Kein einziges der Instrumente, auch nicht der genialste Solist, vermag allein diesen einen, großen Klang herzustellen.

Auch entsteht kein Ton aus sich heraus, keine Erfahrung, keine Liebe, kein Verstehen und kein Respekt. Das ist eine weitere Verwandtschaft zwischen Mensch und Musik, zwischen dem Ich und dem Klang: All das entsteht erst durch *Berührung*. Durch die Berührung der Saite, der Sinne, der Seele, des Geistes und des ganzen Menschen.

Nüchterner beschrieben, ist dieser Prozess der

Identitätsfindung ein Wechselspiel von Aktion und Reaktion und aus noch viel, viel mehr Unfassbarem, das dem Leben und der Musik »verborgen« innewohnt, wie Adorno sagt. Und der Renaissancephilosoph Pico della Mirandola beschreibt, was außerhalb dieses »Verborgenen« unser Sein formt: »Er (der Mensch) wurde von Gott in die Mitte der Welt gestellt. So ist er weder himmlisch noch irdisch, weder sterblich noch unsterblich, und anders als Pflanzen und Tiere kann er ein göttliches Sein entwickeln oder aber auch entarten. Welches Sein er wählt, hängt allein von seinem *freien Willen* ab.«

Ich weiß nicht, wie »frei« unser Wille wirklich ist, auch da gibt es über die Jahrhunderte hinweg die verschiedensten Auffassungen. Aber ich bin überzeugt, dass wir zusätzlich zu der göttlichen Hand ein Gegenüber brauchen, das uns *will*.

Ein Ich wird man nicht allein, ein Ich braucht ein Gegenüber, das antwortet. Niemand kann von sich aus Teil der Gesellschaft werden, wenn die Gesellschaft ihm keinen Platz anbietet. Das trifft in demselben Maß auf den Einheimischen zu wie auf den Dazukommenden. Kein Gesetz und keine Absichtserklärung wird eine Berührung ersetzen können, die der Betroffene für sein eigenes Wachsen und für das *Ver*wachsen mit seiner Umgebung braucht.

In diesem Buch möchte ich beschreiben, welche Berührungen *mein* Wachsen und Verwachsen begünstigt, behindert und gefördert haben. Welche Menschen und Ereignisse hinter meinen Erfahrungen stehen, sodass ich heute mit John Lennon sagen kann: Das Leben ist das, was passiert, während man darüber redet. Und mit George Harrisons Song ergänzen möchte: The time will come when you see, we're all one, and life flows on within you and without you.

I.
SEMIHAS TOCHTER

Ich lebe mein Leben in wachsenden Ringen,
die sich über die Dinge ziehn.
Ich werde den letzten vielleicht nicht vollbringen,
aber versuchen will ich ihn.

Rainer Maria Rilke, Das Stundenbuch

Irgendwann kommt für jeden dieser Zeitpunkt des Staunens und der Fassungslosigkeit, und man hört sich sagen: Wirklich? Ist es denn wirklich schon so lange her? Jetzt schon? Aber ich bin noch gar nicht bereit dafür!

Das hört sich kitschig an. Abgedroschen und trivial, verzweifelt und hilflos. Und das ist es auch. Und auch wieder nicht.

Für mich kam dieser Zeitpunkt am 22. September 2005, um 15.01 Uhr. Nach dem Tod meiner Mutter, als mich die Ärzte, Krankenschwestern, Freunde und Nachbarn zu trösten versuchten, obwohl ich nicht zu trösten war.

»Sei doch froh«, sagten sie: »Du hattest sie länger als viele andere Kinder ihre Mütter. Du hattest sie immerhin fünfzig Jahre!«

Von wem sprachen die? Wer war fünfzig? Ich doch nicht! Ich war das Kind meiner Mutter, und als Kind hat man kein Alter, ebenso wenig wie eine Mutter ein Alter hat. Ein Kind denkt als Kind. Und Kinder wissen nicht, was Zeit ist oder was Jahre bedeuten. Egal in welchem Alter. Das ist ihr Vorrecht. Ich kannte meine Mutter mein ganzes Leben lang. Ich war mein ganzes Leben lang *ihr Kind* gewesen – wir waren unauflösbar, eine Zeiteinheit. Sie war meine Uhr und mein Bett, mein Dach und mein erstes Wort, meine Sprache.

Und plötzlich verlangte man von mir, mich als ein eigenständiges Produkt der Natur zu sehen, ein vom Leben selbst geprägtes Wesen, dessen Wertschöpfung offensichtlich erst durch den Tod sichtbar wird. Sie nannten es »das Erwachsenwerden«.

Nein, nicht mit mir!, dachte ich. Ich bin noch lange nicht bereit dafür! Noch gestern hatte sie mich doch mit Faltenröcken genervt, war ständig mit ihrem blöden roten Kamm hinter mir her gerannt, um mir die Haare *anständig* zu kämmen, hatte mir Jeans, schwarze Fingernägel und gezupfte Augenbrauen verboten. War das alles wirklich schon so lange her?

Verkehrte Welt! Wie kann ein Mensch froh sein über den Tod? Über das Abgeschnittenwerden von der eigenen Geschichte? Welche Zukunft bleibt ihm dann noch?

Auch wenn ich oft zu ersticken drohte zwischen den Mahnungen und Geboten meiner Mutter – dieser Mischung aus orientalischer Sippenhaft und mitteleuropäischem Drill, so war sie doch immer mein Planet, mein Almanach, meine Bibliothek, der einzige Schoß, in dem mein Kopf zur Ruhe kam, die einzige Hand, die mir die Urangst nahm, ins Bodenlose zu fallen, eine warme, weiche Hand, mit kurzen Fingernägeln und dünner Haut.

Wenn ich ab jetzt ohne Anfang leben musste, wie sah denn da meine Zukunft aus? Was wird aus mir? Wie werde ich sein, ohne die Erinnerungen meiner Mutter, ohne ihren Glauben und ihre Fotoalben, ohne das Echo unserer Ahnen?

Natürlich tauchten diese Fragen nicht mit diesen Worten auf. Eigentlich gab es gar keine wirklichen Worte in mir. Im Gegenteil, mir war, als würde ich kahl und hohl, leer und dunkel. Trauer ist wie ein unbelichtetes Foto einer unbekannten Welt. In mir rauschte ein surreales Gefühlschaos: Ich spürte mich zwar nicht mehr als fester Körper, aber ich sah mich im Spiegel: Ich hatte zwei Augen, ich konnte gehen und sogar denken. Irgendwie und irgendetwas.

Ich dachte wieder: verkehrte Welt! Solange ein Mensch atmet, ist er ständig außer Atem! Entweder rennt er vor etwas davon, oder er will schnell irgendwohin. Jedenfalls war es bei meiner Mutter so. Sie lebte ständig im Dauerlauf, um neben ihrer Arbeit als Schneiderin die vier Leben unserer Familie zu ordnen und zu organisieren, den gesamten Haushalt auf hundertzehn Quadratmetern mit allem Drum und Dran. Dabei ging es mir und meiner Schwester am besten. Nach der Schule wärmten wir uns das Essen auf, das sie für uns vorgekocht hatte, aber nach den Schularbeiten hatten wir bis zum Abendessen frei. Wir hatten zwar eine Menge Wünsche in dieser freien Zeit, meine Schwester wäre gern zum Ballettkurs gegangen, und ich wäre einfach gern nur *richtig* frei gewesen, aber wir hatten im Gegensatz zu unserer Mutter wenigstens diese freie Zeit zum Durchatmen und Träumen.

Auch mein Vater führte ein äußerst bequemes Leben. Er arbeitete als Konstrukteur bei der U-Bahn in Hannover zwar hart für die Miete, die Versicherungen und unsere Ausbildung, aber er hatte nach sechzehn Uhr Feierabend und entspannte sich mit einem Cognac und seinen Büchern, oder beim Schachspiel. Denn alles andere erledigte meine Mutter für ihn. Obwohl sie selbst erst um achtzehn Uhr heimkam, war sie die Einzige ohne eine freie Minute, ohne Zeit *nur* für sich allein.

Sobald sie den Mantel in den Schrank gehängt, die Hände gewaschen und die Schürze umgebunden hatte, verschwand sie in der Küche und machte ohne Pause weiter. Nach dem Essen räumte sie die Wohnung auf, wusch die Wäsche, stopfte Löcher, nähte Knöpfe an, bügelte Blusen, Hemden und Bettlaken. Sie tat das ohne Widerspruch. Getreu dem tscherkessischen Ideal ihrer Eltern: Disziplin und Selbstbeherrschung, Anstand und Zurückhaltung. Tagein, tagaus. Jahrein, jahraus. »Die Arbeit macht mir nichts aus, wenn sie respektiert wird«, sagte sie.

Jeder, der sie kannte, riet ihr, sich doch einmal auszuruhen. Aber sie antwortete immer wieder: »Ach das bin ich doch gewohnt. Solange die Arbeit gebraucht wird, fällt sie leicht.« Auch als wir Kinder längst aus dem Haus waren, schaffte es meine Mutter nicht, sich einen Nachmittag lang mal einfach nur auszuruhen.

Schließlich forderten sogar die Ärzte sie auf, endlich nur noch an sich selbst zu denken und sich vom Stress fernzuhalten.

Selbst als der Krebs bereits ihren ganzen Körper lähmte und ihr nach der zweiten Chemotherapie körperliche Arbeit verboten worden war, putzte sie noch die Balkone bis zur Erschöpfung. »Das erledigt sich doch nicht von selbst«, sagte sie bleich und tonlos, als sie sich hinlegen *musste*, weil sie mittlerweile nicht mal mehr sitzen konnte.

Nun lag sie da, wie aus Wachs, und alles schien sich wie von selbst zu erledigen. Alles räumte sich irgendwie selbst auf, fügte sich geräuschlos wie ein Uhrwerk ineinander: Und plötzlich war es sogar möglich, sonst unerreichbare Papiere vom Konsulat, Standesamt, Ordnungsamt, Einwohnermeldeamt, Flugtickets, Cargopapiere, deren Beschaffung in der Regel Wochen, gar Monate dauert, innerhalb eines halben Tages, mit all den nötigen Stempeln, Unterschriften, Erlaubnissen und Eintragungen zu bekommen. Der türkische Bestatter aus Frankfurt hatte zwischen acht Uhr und dreizehn Uhr alles erledigt. Unfassbar. Gerade noch rechtzeitig für die Siebzehn-Uhr-Maschine nach Istanbul. Denn nach islamischer Sitte muss ein Toter innerhalb von vierundzwanzig Stunden beigesetzt sein.

Es gab keine Einwände mehr. Niemand sprach mehr laut. Niemand hatte es mehr eilig. Die Vorübergehenden waren ohne Ausdruck, das Bunte verlor die Farbe und die Straßen ihre Enge. Als hätte eine große Hand die Zwänge der Welt einfach weggewischt. Als gäbe es keine Grenzen mehr und keine Nationalitäten. Jetzt zählte plötzlich nur noch »die Würde des Toten«, als wäre der tote Mensch etwas Anderes, Wertvolleres, als ein atmender und sprechender es je sein kann. Es sollte das erste und letzte Mal bleiben, dass meine Mutter von den deutschen Behörden nicht wie eine Ausländerin behandelt wurde.

Wieder dachte ich: Verkehrte Welt! Obwohl die Toten nichts mehr davon spüren, wird ihre Existenz gleichsam internationalisiert und beinahe großherzig respektiert. Nun haben sie endlich alle Zeit der Welt, und trotzdem wird ihr Verschwinden mit äußerster Geschwindigkeit organisiert.

Plötzlich erschien mir alles so platt und ohne Gefühl, weder warm noch kalt, weder schön noch hässlich, weder gut noch böse. Und dennoch war da so etwas wie ein großer Schrei in der Luft, der aus tausend Himmeln auf uns Übriggebliebene drückte.

Wie versprochen brachten wir meine Mutter zurück. Zurück zu ihrem Ursprung, zurück in ihr

Dorf, das »Anfang der Brücke« heißt, Köprübaşı. Gegründet 1864 von der Generation der Großeltern meiner Eltern, allesamt Vertriebene aus dem Kaukasus, Tscherkessen, die nach dem Expansionskrieg des russischen Reiches unter Zar Nikolaus I. vom osmanischen Reich aufgenommen und angesiedelt wurden. Viele fuhren gleich weiter an die verschiedenen Kriegsfronten, um mitzukämpfen, wie der Großvater meines Vaters, andere, wie der Großvater meiner Mutter, blieben, legten die Sümpfe trocken und rodeten die Wälder für Acker- und Weideflächen, um sich eine neue Existenz aufzubauen. Denn für sie alle gab es kein *zurück* mehr, ihre Dörfer waren abgebrannt, ihr Besitz enteignet. Sie blieben unter sich, mit ihrer Sprache, ihren Sitten und Bräuchen, die bis heute peinlichst genau befolgt werden.

Die Tscherkessen, die sich selbst »Adyge« nennen, was übersetzt »die Edlen« heißt, sind ein Volk ohne Schrift, die mündliche Überlieferung ist ihre einzige Bibliothek, das Ritual ihr Gesetzbuch und die Familie ein heiliger Ort, eine innere und äußere Burg, Heimat und Lehranstalt zugleich. Auch wenn sie die Amtssprache Türkisch in Schulen und Ämtern akzeptieren, zu Hause, am Esstisch, wird auch heute noch tscherkessisch gesprochen.

Meine Mutter liebte diese Essen mit ihrer Mutter, ihren Schwestern und Cousinen, die Männer saßen in Blickweite an einem Extratisch. Ich erinnere mich an unsere erste Rückreise aus Deutschland, ich war gerade zwölf Jahre alt geworden, als ich das erste Mal meine Mutter laut lachen hörte. Sie lachte so laut und so lange, als wäre sie eine andere. Ich verstand den Grund dieser Gelöstheit nicht, denn ich verstand keine Silbe dieser phonetischen Akrobatik mit achtzig verschiedenen Reibe-, Knarr- und Zischlauten. Das Tscherkessische klingt, als würde ein Sack Kieselsteine auf Marmor prasseln, sagt eine Legende, eine Höchstleistung aller Muskelgruppen zwischen Lippen und Stimmbändern.

Meine Mutter lachte, hustete, klopfte sich auf die Brust und verteilte dabei selbst klackernde Kieselsteine zwischen die anderen. Ihre Augen waren rund und klar, ohne jegliche Traurigkeit, und die Winkel um ihren schönen vollen Mund nicht mehr verzerrt nach unten gedrückt. Sie schien größer und reicher und tief zufrieden zu sein, sorglos wie ein Kind und unverstellt.

Vielleicht wollte sie deshalb immer wieder zurück. Vielleicht auch aus anderen Gründen. So genau weiß ich es nicht. Sie hat es nie erklärt. Sie sagte immer nur *zurück*.

Zurück. Eigentlich ein schönes Wort. Zwei Silben voll Raum und Zeit, die vor keinem noch so unwägbaren Gelände zurückschrecken. Meine Mutter benutzte es oft und gern, obwohl sie es nie richtig aussprechen konnte. Sie sagte stattdessen »sürük«. »Ich wieder sürük nach Hause«, erklärte sie den Nachbarn stolz in ihrem Basisdeutsch, »in meine Haus und meine Gardän, su meine Vater und meine Mutter.« Und dann lächelte es durch ihren ganzen Körper hindurch, als säße sie auf einem Thron. Für meine Mutter war dieses »Sürük« wie ein Königsstab, den sie fest in der Hand hielt und an dem sie sich immer wieder aufrichtete.

Der Grund, warum meine Mutter die deutsche Sprache nicht lernen konnte, war nicht mangelndes Interesse am hiesigen Leben. Im Gegenteil, sie lief mit offenen Augen und offenen Armen durch dieses Land, voller Staunen und Respekt gegenüber dem Können und Wissen an jeder Straßenecke. Sie war neugierig auf die Kuchenrezepte, den Einrichtungsstil, darauf, wie Geburtstage und Hochzeiten gefeiert wurden, wie Kirchen von innen aussahen und wie die Gräber gepflegt wurden. Der Grund für ihr »Basisdeutsch« war, dass sie auch ein »Basistürkisch« sprach und mehr oder weniger auch ein

»Basistscherkessisch«. Meine Mutter beherrschte eigentlich gar keine Sprache. Weder gesprochen noch geschrieben. Sie hatte zwar heimlich das Alphabet gelernt, bis sie ihren Namen schreiben und die Kalendersprüche lesen konnte, aber ihr Vater hatte den weiteren Schulbesuch verboten. Sie musste als Erstgeborene schon von frühester Kindheit an ihrer ständig schwangeren Mutter bei der Hausarbeit helfen.

Ich war mit ihrem stolzen »Sürük« groß geworden. Aber dieses Zurück hing wie ein tiefer Nebel in unserem Leben, besonders im Leben meiner Eltern, und er hat sich für meinen vierundachtzigjährigen Vater bis heute nicht gelichtet. Wie sehr solch eine konturenlose Situation die Befindlichkeit stört, ja behindert, weiß jeder Autofahrer aus eigener Erfahrung: Je länger nämlich der Nebel andauert, desto orientierungsloser macht er und führt schlussendlich in eine Art Erstarrung.

Für meine Mutter aber war ihr unverrückbares »Sürük« ein sicherer Kompass aus diesem Nebel und gleichzeitig die Navigation durch die zerklüftete Identität einer Migrantin. Am Ende aller Tage wollte sie zurück auf den »Rücken ihrer Ahnen«, wie sie sagte, das mussten wir ihr versprechen.

Zurück in das angeborene Bleiberecht, zurück zu ihren Eltern und dem jüngsten Bruder, die mitten auf dem Friedhof ihres Heimatdorfes nebeneinander liegen. Hin zu der Erde, aus der sie nie wieder vertrieben werden kann, wo ihr Grab noch von den Nachgeborenen verteidigt wird. Sie wollte zurück in ein Stück Eigentum, weil ihr unsere Existenz in Deutschland immer wie ein geliehenes Leben erschien.

Deshalb war ihr bereits die Vorstellung eines befristeten oder gemieteten Grabes, wie es hier Sitte und Gesetz ist, das pure Grauen. Wie sie überhaupt alles Gemietete oder Geliehene als grauenhaft empfand. Mir war, als schämte sie sich sogar dafür, dass wir hier all die Jahrzehnte immer nur zur Miete wohnten. Sie wollte nie, dass ihre Schwestern sie in ihrer geliehenen Welt besuchten.

Als älteste Tochter eines Großbauern war sie auf eigenen Maisfeldern und eigenen Nussplantagen groß geworden, im eigenen Haus, mit eigenem Stall und eigenen Kühen, Pferden und Wasserbüffeln. Dieses Eigene, insbesondere die eigene Erde, tradiert für Tscherkessen eine besondere Dimension von Identität. Es bedeutet nicht nur Unabhängigkeit, sondern impliziert einen mystischen Raum der Kontinuität, wo sich Lebende und Tote treffen. Etwas Eigenes zu besitzen, machte meine Mutter stolz, gab ihr Würde und Haltung. Kein Philosoph konnte ihr so sehr imponieren wie jemand, der ein eigenes Haus besaß.

Wir waren verstummt. Den sprachlosen Vater zwischen uns, saßen meine leergeweinte Schwester und ich den ganzen Flug über schweigend nebeneinander, die Mutter unter uns im Gepäckraum. Wie in einer Seifenblase sah ich die anderen Passagiere und das heranrollende Essen, als wären wir in einem anderen Raum. Mir schien nichts mehr wirklich zu sein. Und doch war ich in einer echten Wirklichkeit, wenn auch in einer der absurdesten aller denkbaren Wirklichkeiten. Das hier war keine erfundene oder inszenierte Geschichte. Ich war wirklich auf der allerersten Reise meines Lebens mit meiner ganzen Familie. Noch nie zuvor waren wir alle zusammen, zu viert, irgendwohin gefahren oder geflogen, so sehr es sich meine Mutter auch über all die Jahre gewünscht hatte. Mal lag es am Geld, mal an der Zeit. Aber der Hauptgrund war die Reiseabneigung meines Vaters.

Verkehrte Welt!, dachte ich erneut. »Erst wenn ein Wunsch nichts mehr nützt, öffnet der Glücksgott sein Füllhorn.«

Jetzt lag meine Mutter in ihrem Sarg zwischen anderem Sperrgut, und mein Vater saß neben mir, als wäre er geschrumpft. Der Hals zu dünn für den Hemdkragen, das Jackett zu groß für die hängenden Schultern, ließ er blass mit verlorenem Blick den angebotenen Imbiss zurückgehen. Dieser sonst sehr eitle und attraktive Mann war plötzlich vergreist und schien hilflos und grau, wie ein verblichenes Plakat. Alle Kraft war aus ihm gewichen und alles Denken. Seit zwölf Stunden lief er den Ereignissen wie verloren hinterher. Er schien nicht einmal die Landung in Istanbul wahrzunehmen und ließ sich von meiner Nichte wie ein Kind ins Auto helfen, wartete wortlos vor dem kalten, zugigen Cargogelände des Flughafens, bis endlich der Sarg meiner Mutter auf die Verladerampe geschoben wurde.

Plötzlich hatte sich die dritte der zehn Luken geöffnet, wie von Geisterhand, und der Sarg stand im schmalen Lichtstreifen einer flackernden Neonröhre. Niemand war zu sehen, keiner erklärte etwas. Da stand plötzlich wie aus dem Nichts ein grüner Sarg auf einer Rampe, wo sonst Jeans, Gemüse und Teppiche ins Ausland verladen werden.

Mein Vater, der bis dato immer jeden noch so

unbedeutenden Treppenputzplan auf seine Richtigkeit überprüft hatte, akzeptierte mit einer ratlosen Handbewegung den grün umhüllten Sarg, damit der türkische Bestatter ihn übernahm.

»Aber unser Sarg war doch braun!«, rief meine völlig erschöpfte Schwester in die Nacht, »es war ein Holzsarg und kein grüner!« Der Mann unserer Nichte versuchte sie zu beruhigen und zeigte auf den weißen Zettel, der mittig auf das Grün getackert war: »Das ist ein Lieferschein, wir vergleichen ihn mit eurer Kopie und dann werden wir sehen«, sagte er. »Das Grün ist die Farbe des Islam.« Flüsterte meine Nichte.

Ich hielt unsere Abschrift neben den Lieferschein, und wir lasen gemeinsam jedes einzelne Wort und jede Zahl: HIZMET CENAZE – Flight/ Ucuş: 23. 9. 2005 HAJ-IŞT 17:50–21:55 TK.1558 – HUMAN REMAIN – AWB: 235-97946612.

Es hatte seit zwei Tagen unaufhörlich geregnet, und der Boden sei sehr schwer auszugraben gewesen, sagte meine Tante. Aber die Männer hätten trotzdem alles gut vorbereitet. »Brusthoch, so wie es sich für ein Frauengrab gehört«, sagte sie ernst. Denn für Männer wird nur hüfthoch gegraben, so steht es im Koran.

Die Straßen waren so sehr aufgeweicht, dass der kleine Transporter mit dem Sarg meiner Mutter nur im Schritttempo vorankam. Trotz des Regens und der späten Uhrzeit – es war bereits drei Uhr nachts, standen immer noch Menschen vor dem Elternhaus meiner Mutter, in dem heute die Witwe ihres Bruders mit ihrer Familie lebt, um uns zu empfangen, so wie es Sitte und Brauch ist in dieser Dorfgemeinschaft: Es ist die Pflicht jedes einzelnen Gemeindemitglieds, mit den Angehörigen zu trauern und zu weinen, ihnen Trost und Beileid auszusprechen. Unabhängig davon, wie gut man sich kennt. *Dass* man sich kennt ist Grund genug.

Ich kannte niemanden. Meine Schwester, die als Grafikerin visuell gut trainiert ist und die Fotoalben meiner Mutter fest gespeichert hatte, entdeckte nach über vier Jahrzehnten auch keine Ähnlichkeiten mehr zwischen den Fotos und den echten Gesichtern, in die wir nun sahen.

Aber alle Wartenden schienen uns zu kennen, wenn auch nicht namentlich, so doch vom Hörensagen, als die Familie, wegen der unsere Mutter das Dorf verlassen hatte, um ein besseres Leben in Deutschland zu finden. Namen waren unwichtig, wichtig war nur die Beziehung, die sie zu *ihr* hatten, wodurch auch wir ganz automatisch zu Verbündeten wurden.

Als sich die Nachricht am Tag zuvor von Hannover aus über die halbe Türkei verbreitet hatte, ließen diese Verwandten und Freunde alles liegen und stehen, setzten sich in Reisebusse und fuhren aus allen Himmelsrichtungen nach Köprübaşı. Manche fünfhundert Kilometer, die meisten durchschnittlich dreihundert Kilometer über holprige Straßen. Eine Cousine meiner Mutter brachte ihre beiden erwachsenen Töchter und deren drei Enkel mit, sie waren aus Izmir gekommen, knapp sechshundert Kilometer weit. Das war selbstverständlich für sie, denn meine Mutter hatte die Hochzeiten der Töchter mitgefeiert und Fotos der Kinder gesammelt.

Vier der wartenden, durchnässten Männer trugen den Sarg ins Haus zu den Frauen und zogen sich mit meinem inzwischen völlig hilflosen Vater zum Nachbarn zurück, wo die trauernden Männer zusammen saßen, während sich die Frauen im Elternhaus meiner Mutter versammelten.

Dass wir von all den Menschen nichts wussten, schien wirklich niemandem ein Problem zu sein. Es war selbstverständlich, ja natürlich, die Angehörigen mit ihrer Trauer nicht allein zu lassen, zum einen aus Verpflichtung gegenüber der Verstorbenen, zum anderen als letzten Dienst eines gläubigen Moslems für das Seelenheil.

Also saßen wir mit all denen zusammen, die zusammengehörten – als Äste und Blätter am verzweigten Lebensbaum meiner Mutter: neben direkten und indirekten Verwandten, zwischen Tanten und Onkel dritten und vierten Grades und Cousins und Cousinen sechsten und siebten Grades. Neben Nachbarn, denen meine Mutter bei jeder Reise eine Dose Nivea und Buntstifte für die Kinder mitgebracht, und ihren Freundinnen, mit denen sie Schnittmuster ausgetauscht hatte.

Allein dass man sich begegnet ist und von einander weiß, ist in diesem Dorf Grund genug, dem anderen beizustehen. So will es der Anstand und die Alltagskultur.

Über zweihundert fremde Menschen weinten mit uns, küssten uns, streichelten unsere Köpfe. Einige gingen zuerst an uns vorbei, fragten meine Tante, ob denn »Semihas Töchter auch gekommen« seien? Sie hatten gehört, dass in Deutschland Kinder ihre Eltern in Altenheime abschieben und sie anonym begraben lassen, um das Geld für die Friedhofsmiete zu sparen.

Als sie uns schließlich entdeckten, kamen sie fast

erleichtert auf uns zu, drückten uns wie eigene Kinder an ihren ungewohnten Geruch. «Ach mein Kind, ach mein Kind!«, klagten sie in ihrem unverkennbaren tscherkessischen Akzent mit den gedehnten Vokalen, »eine Mutter zu verlieren ist wie eine ganze Welt zu verlieren!« Und streichelten uns dabei den Rücken und küssten uns, immer wieder Koransuren flüsternd, die Stirn. Meine Schwester ließ sich weinend von jeder Hand ein paar Schritte mal dahin oder dorthin mitziehen, als würde sie sich unter die Leute verteilen. Mir war, als wüchse ich mit all dem Flüstern zu einem großen Körper zusammen, zu einem weltgroßen Gebet. Nichts war mehr fremd. Jede Sure und jeder Geruch schienen wieder aufzutauchen, als hätten sie in einer weit zurückliegenden Welt auf diesen Moment gewartet. Sie nahmen Platz in mir und mit mir, im Halbdunkel einer schwachen Glühbirne, die den einzigen beheizbaren Raum gegen die stockfinstere Septembernacht abgrenzte.

So etwas wie Erinnerung schob sich vor meine Augen: Ich bin fünf Jahre alt und laufe barfuß durch diesen Raum, er ist hell und herrlich bunt, wie das ganze Haus und der Hof und die Ställe und die Wiese vor der Hausmauer. Um mich herum wird überall gearbeitet, aber ohne Eile oder Protest, trotz der ausschließlich schwersten körperlichen Arbeit. Denn es gibt noch kein fließendes Wasser und keinen Strom, alles muss von Hand gemacht werden. Das Wasser wird aus dem Brunnen gezogen und muss eimerweise knapp hundert Meter weit ins Haus getragen werden, dann wird die Wäsche der achtköpfigen Familie von Frauenhänden geschrubbt. Auch für das Essen sind Frauenhände zuständig, für das Backen des Brotes, das Vorheizen des Kamins mit Maiskolben, das Schlagen der Butter im Fass, das Melken der Kühe und das Sauberhalten des Hauses.

Männerhände bearbeiten die Äcker und verkaufen die Ernte auf den Märkten, sie bauen Scheunen und Ställe, striegeln die Pferde und bringen die Wasserbüffel zu dem kleinen Fluss hinunter, der in der gleißenden Sonne wie Perlmutt blinkt. Ich laufe hinterher ins Tal zu dem kleinen Berglein am Ufer, sehe zu, wie mein jüngster Onkel die Tiere ins Wasser lässt und sich müde ins trockene Gras der Böschung setzt. Ich fasse auf meinen Kopf, er ist heiß, und wenn er heiß ist, soll ich aus der Sonne, sagt meine Oma. Also laufe ich vom Berglein zurück zur Wiese vor Omas Haus und setze mich in den Schatten des Maulbeerbaums, des größten Maulbeerbaums weit und breit, mit einer

Blätterkrone so groß wie das Scheunendach, und sammele die heruntergefallenen Früchte auf: kleine, weiße, fingerhutgroße Trauben, die wie schaumig geschlagene Milch mit Honig schmecken. Da ist ein Surren um mich von wütenden Bienen, aber sie tun mir nichts. Ahmet, mein einziger Freund im Dorf, kommt von hinten angelaufen und setzt sich voller Freude zu mir und wir starren gemeinsam auf die helle Welt um uns herum, schweigend, stundenlang, als wüssten wir schon alles.

Meine achtunddreißigjährige Cousine Sebiha, deren Vater mein jüngster Onkel war und die ich das letzte Mal als Säugling gesehen hatte, flüsterte eindringlich mit rotgeweinten Augen, immer lauter werdend, wie eine, die jemanden vorsichtig wecken will: »Nimm doch bitte, nimm bitte einen Tee, trink etwas Warmes, es wird dir guttun – trink bitte.«

Sie hielt mir ein Silbertablett voll dampfender Teegläser entgegen: »Bitte, nimm doch.« Ich nahm. Sie gab mir drei Stück Zucker dazu und sagte: »Schwarzer Tee mit drei Stück Zucker – ich habe es gelesen, ich weiß, dass du deinen Tee gern süß trinkst.« Ich trank. Und schämte mich, dass ich nichts von ihr wusste.

Dann ging sie zufrieden weiter in der Runde und verteilte unaufhörlich die gefüllten, goldberandeten Gläser. Dilek, die vierunddreißigjährige Cousine, Tochter meiner jüngsten Tante, die ich überhaupt nur von Fotos kannte, folgte ihr mit einem Teller Blätterteigtaschen. Wir warteten teetrinkend und stumm auf die Totenwäscherin, die meiner Mutter das nahtlose weiße Leinenhemd überziehen und sie danach mit demselben weißen Leinen fünf Mal umwickeln würde. So steht es geschrieben. Männer müssen drei Mal umwickelt sein.

Verkehrte Welt!, dachte ich wieder und wieder. Ich hatte meine Mutter in ihr Zuhause gebracht und gleichzeitig mein eigenes verloren, meine ewige Burg mit DNS-Garantie. Gott selbst schickte die Abrissbirne, den Rest erledigte die Leukämie. Ich fühlte mich hohl und wütend, war aber zu schwach, um zornig zu sein.

Erst jetzt, nach ihrem Tod, sah ich das übergroße und vitale Blätterwerk ihrer Herkunft und spürte das erste Mal körperlich, was sie vermisst haben musste in den vergangenen fünf Jahrzehnten. In der Seele eine Agyde, die laut Pass eine assimilierte Türkin zu sein hatte und die, ihren Kindern zuliebe, bereit gewesen war, klaglos die kulturelle Quarantäne als »Ausländerin« zu ertragen. Sie hatte nicht gezweifelt und auch nie gefragt. »Denn die Antworten stehen schon auf der Stirn geschrieben«, sagte sie, »von Allah!«

Ich saß da wie eine fremde Pflanze, in ihre Sippe gestopft, aber die Erde zwischen uns war weg.

Was würde wohl morgen sein? Die meisten kannten nicht einmal meinen Namen, nur meine Funktion. Sie nannten mich »Semihas Tochter«. Aber Semiha gab es nicht mehr. Und so verlor ich nun auch meine Funktion in diesem Ahnensystem, denn ich hatte nie eine eigenständige Beziehung zu irgendeinem dieser Menschen aufgebaut – nie eine Creme oder ein Spielzeug verschenkt, sprach kein Wort ihrer Sprache, war auf keiner ihrer Hochzeiten gewesen und hatte kein einziges Foto von ihnen besessen.

Irgendwann wurde meine eigene Geschichte so schwach, dass ich keinen Unterschied mehr spürte zwischen mir und den anderen. Ich sah sie zwar alle wie durch eine Folie, hörte aber nicht mehr, *wer* mir *was* sagte, saß reglos wie ein Baumstumpf in der feuchten Kälte, die an mir klebte wie ein Taucheranzug. Nur ein Gedanke brannte wie eine Zündschnur durch mich durch: Wer seine Mutter verliert, verliert eine ganze Welt.

Die Totenwäscherin kam gegen sechs Uhr morgens und der Imam gegen neun Uhr. Wieder und wieder schüttete es eimerweise Regen aus dem grauen Himmel, als wäre er gerissen. Der Imam hielt die erste Trauerpredigt, die mit einem gemeinsamen Morgengebet aller im und vor dem Haus abgeschlossen wurde. Der Sarg wurde hinausgetragen in einen weißen Transporter. Danach folgte mein verstummter, bleicher Vater, umringt von Dutzenden Männern jeden Alters, bis zum Friedhof.

Das Grab ist Männerarbeit. Erst wenn sie den Bretterverschlag, eine Art schräges Dach, damit die Erde nicht auf die Toten fällt, gebaut haben und das Grab zugeschüttet ist, dürfen die Frauen zum Friedhof. So bestimmt es das tscherkessische Ritual in diesem Dorf, sagte man mir.

Gegen Mittag machten wir uns auf den Weg. Als ich nach einer Weile allein mit meiner Mutter sein wollte, akzeptierten sie das nur mühsam. Vier der besorgten Frauen warteten, durchnässt bis auf die Knochen, geduldig, bis ich wieder zum Haus zurückkehren wollte. Und ich dachte nur einen Satz: »Jetzt ist auch hier das Licht grau!« Bis auf das mit Weinlaub behängte Vordach über dem Eingang und das blasse Blau der Fassade erinnerte mich nichts mehr an den heißen, bunten Sommer meiner Kindheit, der damals von einer wackeligen Holzwand umzäunt war.

Jetzt regnete es, und die Mauer war aus Stein, der Brunnen zugeschüttet, und mein großer Maulbeerbaum war vor Jahren abgeholzt worden, weil ein Blitz ihn gespalten hatte. Man hatte stattdessen sieben kleine gepflanzt, die nun im Halbkreis die Wiese zum neuen Nachbarn begrenzten. Jetzt gab es auch hier Strom aus der Steckdose und fließend Wasser, Handys und Fernsehen. Und sogar eine kleine Fabrik, die Gardinen produzierte. Auch das Wort »Stress« hatte sich seinen Weg hierher gebahnt, mit derselben Bedeutung wie überall auf der Welt: Ein zerstörerischer Wettlauf von Arbeit, Zeit und Leben. Wie zerstörerisch er in dieser Fabrik tatsächlich war, erfuhr ich erst später.

Mein Cousin Ibrahim, genannt Ibo, der jüngere Bruder meiner Cousine Sebiha, arbeitete dort in einem unvorstellbaren Dauerakkord. Nicht nur, dass er selbst zehn Stunden am Tag an den Maschinen stand, mit einem Lärmpegel wie auf dem Flughafen, er hatte außerdem als Vorarbeiter ständig Bereitschaft. Denn er war der Einzige von drei Arbeitern, der die Maschinen wieder reparieren konnte. Nun war er mit zweiunddreißig Jahren fast taub und hatte Herzrhythmusstörungen. Aber er klagte nicht. Er war froh, überhaupt eine Arbeit zu haben und seine Familie ernähren zu können.

Ich vermisste es, meine Mutter im Grab gesehen zu haben und in einem Sarg, so wie ich es bei einer christlichen Beerdigung in Hannover erlebt hatte. Jetzt war mir nur die Erinnerung an den kurzen Blick nach der Waschung geblieben, auf ein weiß umhülltes, unbewegtes Gesicht, wie ein Gipsabdruck. Man hatte mir gesagt, dass sie nun, auf der rechten Seite liegend, in Richtung Mekka sieht.

Ich wollte noch nicht wieder zu den Menschen ins Haus zurück und ging hinunter zu meinem Berglein, um noch einmal auf den Fluss zu sehen, wohl wissend, dass mein jüngster Onkel nie wieder am Ufer sitzen würde. Er hatte trotz der Warnung der Ärzte in glühender Hitze das Heu eingefahren und war anschließend tot zusammengebrochen. Herzinfarkt mit achtunddreißig Jahren. Selbst das Berglein, das bis zu diesem Zeitpunkt als *jung* in mir abgespeichert war, als ein buntes, lichtdurchtränktes Utopia, schien mir plötzlich sehr alt geworden zu sein und runzelig, das Grün ergraut, das Wasser leblos wie tot.

Die Kuhle am Ende der Längsseite zum Fluss,

damals eine Art Himmelbett für mich, grün, weich und warm, in der meine jüngste Tante mir einen wackeligen Zahn zog und Murmeln mit mir spielte, war jetzt rissig, grau und abgenutzt. Ich fasste unwillkürlich wieder auf meinen Kopf, er war kalt. Nietzsche fiel mir ein: »Bald wird es schnei'n, weh dem, der keine Heimat hat!«

Nach dem Mittagsgebet waren noch mehr Familien aus den benachbarten Dörfern gekommen. Die Autos standen dicht an dicht wie Dominosteine. Wieder drückten und küssten sich Menschen, flüsterten sich Arabisches ins Ohr. Wieder oder immer noch, ich weiß es nicht mehr, gab es dampfenden Tee, und überall stapelte sich mitgebrachtes Essen.

Ahmet war schon gegen acht Uhr morgens gekommen. Mein einziger Freund aus Kindertagen war im Dorf geblieben und hatte nie geheiratet. Nicht, weil er unattraktiv gewesen wäre, sondern weil ihn Mädchen nicht sonderlich interessierten. Die Gemeinde akzeptierte sein Singleleben, solange er sich nicht »versündigte«. Er umarmte mich still mit Tränen und rotem Gesicht und setzte sich für eine höfliche Weile neben mich. Ich sah einen schlanken, großgewachsenen Mann, in dem ich nichts von der Zeit unter dem Maulbeerbaum wiederfand. Ich konnte ihn nichts fragen, er konnte mir nichts erzählen. Also saßen wir einfach nur da, nebeneinander, wieder wie damals, schweigend, mit dem Unterschied, dass wir uns heute nichts mehr zu sagen wussten.

Gegen zwanzig Uhr versammelten sich alle noch einmal zum Mevlut – dem eigentlichen Totengebet – in der Moschee, die sich bis zu den Wänden hin mit barfüßigen, durchnässten Menschen füllte. Selbst der kleinste Teppich war belegt, sowohl unten bei den Männern als auch bei den Frauen auf dem Balkon. Meine Tante sagte stolz: »Wenn es nicht geregnet hätte, wären noch mehr Bekannte gekommen!«

Der Imam las über eine Stunde lang aus dem Koran, und wenn er zwischendurch kurz hochblickte, sprachen die Versammelten ein paar Suren mit. Ich verstand nichts, aber das Arabisch gab mir Halt wie die Kerzen im Kölner Dom.

Nach dem Gebet verteilten meine beiden Nichten kleine Zelophanbeutel mit weißem Mevlutzucker an die Trauergäste, die trotz des Dauerregens noch lange zum Abschied vor der Moschee blieben. Jeder drückte und küsste uns, weinte noch einmal mit mir und meiner Schwester, verbeugte sich vor meinem Vater und küsste ihm die Hand, als Geste des Respekts vor dem Alter. Ich stand da wie hohl, alles wurde unwirklich. Hatte der Imam nicht vom barmherzigen Gott gesprochen? Wo war er denn jetzt? Wie konnte er diese Leere zulassen?

Meine Tante drängte darauf, dass ich mich umzog, bevor ich fuhr, ich sei völlig durchnässt. Aber ich spürte die Nässe nicht und hörte auch keine Worte. Jedenfalls begriff ich nichts von dem Geschehen um mich herum. Ich war zwar programmiert, nicht bleiben zu können und noch in der Nacht zurückfahren zu müssen, aber ich realisierte es nicht. Ich erinnerte mich weder an Köln, wo meine Tochter auf mich wartete, noch an das Essener Theater, wo meine Kollegen auf mich warteten, nicht einmal an mein Leben in deutscher Sprache.

Ich wurde umgezogen und gefüttert und gegen Mitternacht von zwei Neffen vierhundert Kilometer weit durch die Nacht nach Istanbul gefahren und dort im Flughafenhotel eingecheckt. Sie bestellten auch den Weck- und Fahrdienst, damit ich pünktlich um sieben Uhr zurückfliegen konnte in meine deutsche, gemietete Welt, mit meinen selbst gewählten Verwandten.

In Berlin gelandet, funktionierte ich weiterhin routiniert, kaufte mir ein Ticket und stieg in den Zug nach Köln, setzte mich ans Fenster und starrte auf die vorbeiziehenden Bilder. Da tauchte Hannover auf. Ich war sprachlos, dass das alles noch immer existierte, mit Straßen und Wäldern, Hochhäusern und Flachbauten, mit Werbeplakaten und Graffiti. Aber ich spürte keine Beziehung mehr dazu, fühlte mich wie Lehm, vermisste nichts. Staunte nur wie im Traum aus dem Fenster in den Scherenschnitt einer Stadt, in der ich einmal eine Mutter hatte.

So viel war passiert in den letzten zwei Tagen, aber diese Welt war immer noch dieselbe wie vorgestern. Ich klebte noch mehrere Stunden in dem Sitz, stumpf, und sah aus meinem Kopf. Auch in Köln stand alles noch an seinem Platz, wie in die Luft gestanzt, die Messe, die Brücken über den Rhein und der graue Dom, der in der Herbstsonne plötzlich wie vergoldet schien.

Nichts hatte sich verändert. Äußerlich und inhaltlich – nichts! Immer noch handgroße Schlagworte auf den Titelseiten und Artikel in sogenannten seriösen Wochenzeitungen, die ich kaum fassen konnte: »Was den Briten die Pakistani, das sind den Deutschen die Türken«, las ich in der »Zeit«.

»Die Türken hierzulande waren nie gleichberechtigt … Darin liegt die Ironie der deutschen Einwanderungsgeschichte: Ob mit Glück oder Verstand – Deutschland hat in Sachen Integration offensichtlich etwas richtig gemacht.«

Unfassbar, dachte ich, wie vergesslich doch die Menschen sind, als hätte es Solingen, Mölln, Rostock und Hoyerswerda nie gegeben. Unglaublich, wie engstirnig Lebende sein können und wie gierig. Als könnte irgendeine Nationalität irgendetwas am finalen Ende aller Tage ändern. Der Tod kennt weder die erste noch die zweite Welt, vergibt weder Pässe noch schwenkt er Fahnen, für ihn ist jeder gleich, und er nimmt sich jeden, ausnahmslos jeden: den sogenannten »privilegierten« Deutschen und Engländer genauso wie den angeblich »unterprivilegierten« Türken oder Pakistani. Und ob das Grab dann hüfthoch oder brusthoch gegraben wird, spielt keine Rolle mehr, der Tod kennt auch kein Geschlecht. Selbst die unterschiedlichen Rituale, ob Sarg oder Leinenhemd, werden bedeutungslos, denn der Tod ist die einzig real existierende Internationale.

Ich wollte zu Fuß nach Hause, wollte Schritt für Schritt in die mir bekannte Wirklichkeit zurückgehen. Raus aus dem stumpfen Traum, rein in das

Hör- und Fühlbare, versuchte bewusst jede Stufe einzeln auf- und abzusteigen, überquerte mit einer heller werdenden Ruhe die breiten, asphaltierten Straßen, wollte Wände und Häuser berühren, den Dom, mein Lieblingsschuhgeschäft, 4711, das Theater, die kleine Eckbuchhandlung, meinen Lieblingsbäcker mit den unzähligen Brotsorten, den WDR, den Italiener und die Sushibar.

Aber erst als ich meine Tochter wiedersah, ihre Stimme hörte und ihre Hand in meiner Hand spürte, kehrte nach und nach, mit jedem Lidschlag und jedem gesagten Wort, mein vertrautes und gewohntes Leben in deutscher Sprache in mich zurück, zurück in mein Denken, in mein Sehen und mein Wollen, meinwärts in meine mutterlose Zukunft.

II.
ROCHADE INS LAND DES LÄCHELNS

Wohin ich immer reise,
Ich fahre nach Nirgendland.
Die Koffer voll Sehnsucht,
Die Hände voll Tand.
So einsam wie der Wüstenwind.
So heimatlos wie Sand:
Wohin ich immer reise,
Ich komm nach Nirgendland.

Mascha Kaléko, Kein Kinderlied

Ich wäre gern eine gute Schachspielerin geworden. Meinem Vater zuliebe. Um ihm das Gefühl zu geben: Mach dir bitte keine Sorgen um mich, denn ich habe einen Plan für mein Leben und auch eine Absicht, wie ich ihn umsetze.

Aber ich war nicht einmal mittelmäßig und konnte ihm weder das eine noch das andere präsentieren. Dabei hat er sich die größte Mühe gegeben. Immer wieder setzte er sich mit mir ans Brett, damit ich »das Leben kennenlerne«, wie er sagte. »Kannst du Schach, mein Kind, dann kennst du die Welt«, wiederholte er regelmäßig in einem bewusst tief angesetzten Bariton. Er sprach gern eine Terz tiefer, wenn er etwas Bedeutendes zu sagen beabsichtigte.

So saßen wir, bis ich etwa fünfzehn wurde, regelmäßig in seinen freien Zeiten an dem zusätzlichen Glastisch im Wohnzimmer, mit dem vierzig mal vierzig Zentimeter großen Schachbrett, das immer aufgebaut bereitstand. Immer am selben Platz, an der Ecke zwischen dem zweisitzigen Sofa und seinem Sessel an der Stirnseite des länglichen Couchtisches. Nur die Figuren änderten sich von Zeit zu Zeit. Mal stellte mein Vater das kleine Holzfigurenset auf, mal handgroße, gusseiserne Figuren, die ich gar nicht mochte, weil sie kalt und schwer waren wie Zinnsoldaten.

Es gab noch ein weiteres, komplettes Schachset aus beigegrünem Marmor, das er gern nur als »schöne Abwechslung«, zur Dekoration aufbaute. Einfach so, »weil ein Schachspiel auf dem Tisch schön aussieht«. Aber ich erinnere mich nicht, ob wir es je benutzt haben.

Umso genauer sehe ich in meinem inneren Kino den Film der mitunter unerträglich zähen Stunden am karierten Holzbrett.

Der Vorspann ist immer derselbe: Welche Farbe willst du?

Ich zucke mit den Schultern und sage jedes Mal: Das ist mir egal. Dann bestimmt mein Vater die Seiten.

Doch ab diesem Moment beginnt für mein jugendliches Verständnis von Rhythmus eine völlig überflüssige Zeitlupe: Mein Vater bewegt endlich seine Hand über das Brett und seine weißen Figuren, nach mehrmaligem Ausatmen, Händereiben und Sesselverrücken und nach einer weiteren, unverständlichen Ewigkeit, die Brille auf- und absetzend, zieht er schließlich mit ernstem Gesicht und äußerst bedacht und langsam mit dem Königsbauern von e 2 auf e 4. Endlich.

Ich verstehe bis heute nicht, warum man für den ersten Zug so lange überlegen muss. Obwohl mir mein Vater zigmal erklärt hat, dass ein *Anfang* immer über den Rest entscheidet und dass ein guter Schachspieler immer zwei bis drei Züge im Voraus denken sollte, »weil der Anfang, der erste Schritt, die Strategie des ganzen Spiels bestimmt«!

»Aber so was kann man doch nicht von vornherein wissen!«, staune ich.

»Deshalb muss man auf alle Eventualitäten vorbereitet sein«, antwortet mein Vater wieder in seiner tiefen Tonlage.

»Und woher kennt man denn alle Eventualitäten?«, frage ich.

»Durch Berechnung und Erfahrung«, sagt er.

»Und wenn ich die Erfahrung nicht habe?«

»Dann musst du dich auf die Erfahrung eines anderen verlassen.«

»Und woher weiß ich, dass die Erfahrung des anderen auch auf mich zutrifft?«

»Es gibt objektive Gesetze des Lebens, die *Resultanten*, wie wir Statiker das nennen, die treffen auf alle zu«, sagt mein Vater.

»Und wo stehen diese Gesetze?«

Mein Vater zeigt auf die Regale um uns herum: »In all den Büchern über Geschichte und Philosophie, über Physik und Biologie.«

Darauf fällt mir keine Frage mehr ein. Ich spüre nur, dass ich noch sehr lange von den Erfahrungen meines Vaters abhängig sein werde, denn er hat einen Riesenvorsprung. Er hat all diese Bücher gelesen, ich nicht ein einziges! Da stand der gesamte Weltgeist mit all seinen Denkern in Hardcover und teilweise sogar mit Goldrand, wie die Brockhaus-Enzyklopädie, die mir schon sehr früh etwas Selbstverständliches war. Denn die erste Anschaffung meines Vaters nach unserer Ankunft in Deutschland waren sündhaft teure, steinschwere

Bücher in Blau. Meine Mutter sprach tagelang kein Wort mit meinem Vater, weil sie es nicht nachvollziehen konnte, wie man so viel Geld für Bücher ausgeben kann, während man nicht einmal einen Kühlschrank im Hause hat. Ich erinnere mich auch genau, dass niemand aus der Nachbarschaft diese Anschaffung zu würdigen wusste. Ich weiß noch, wie überrascht ich war, dass die nicht nur den Brockhaus nicht kannten, sondern dass die auch sonst keine anderen Bücher hatten. Deren Schränke waren gefüllt mit Kristallgläsern und bemalten Tellern, Porzellanprinzessinnen und röhrenden Hirschen aus Holz. Nur unser Lehrer wusste den enormen Luxus zu würdigen und sah meinen Vater staunend an, als er mit der flachen Hand vorsichtig die Buchrücken berührte: »Das ist ja in Deutsch. Verstehen Sie das denn?«

Darauf zeigte mein Vater auf die anderen deutschen Bücher von Hegel, Kant und Schopenhauer und antwortete fast akzentfrei: »Im Gegensatz dazu liest sich selbst eine Enzyklopädie wie ein Kinderbuch.«

Mein Vater kaufte im Laufe der Jahre noch sehr, sehr viele Bücher, und meine Mutter stritt noch oft mit ihm. Er aber versuchte unbeirrt seine Geisteswelt zu komplettieren, er ersetzte alte Ausgaben durch neue, baute den historischen und geisteswissenschaftlichen Teil der Bibliothek auf drei Wände aus und erweiterte sie sukzessive mit medizinischer Fachliteratur über alle nur denkbaren Krankheiten.

Nach einer Weile zeigt mein Vater auf das Brett: »Jetzt konzentriere dich. Ein Großmeister kann sogar sechs bis acht verschiedene Stellungen vorbereiten, inklusive die des Gegenspielers. Den kann keiner so leicht überraschen!«

Wie armselig, denke ich, ein Leben ohne Überraschungen ist wie Verliebtsein ohne Kribbeln im Bauch.

»Es geht ums Entweder-Oder«, ergänzt mein Vater. »Entweder gewinnst du, oder du verlierst. Das Leben ist Kampf, und Schach ist eigentlich kein Spiel, sondern ein Überlebenstraining.«

So ein Quatsch, denke ich und setze zügig den Turmbauern zwei vor, von h 7 auf h 5.

»Willst du das wirklich tun?«, fragt mein Vater streng. Ich bin verunsichert und will gerade zurückziehen, da sagt er: »Was steht, das steht! Du hättest dir vorher überlegen sollen, was du tun willst.«

Und wieder beginnt seine Zeitlupe, Ausatmen, Hände reiben, im Sessel ruckeln – dann die aufsteigende rechte Hand – die Finger wollen greifen – aber nein – doch nicht – die Hand zuckt zurück – und setzt etwas später wieder von neuem an.

Währenddessen starre ich auf das schwarzweiße Karree, von klein a bis klein h waagerecht, von eins bis acht senkrecht. Das kann doch nicht das Leben sein, denke ich. Denn erstens sind Zahlen im Matheunterricht endlos, und zweitens gibt es keine Sprache mit acht Buchstaben! Und in Wirklichkeit leben Schwarz und Weiß getrennt und mischen sich fast nie. So wie unsere deutschen Nachbarn uns selten besuchen oder wir von denen eingeladen werden. Das Brett ist ein Brett, ohne Pulsschlag und Bewegung.

Mein Vater zieht den Läufer f 1 auf c 4 und bedroht meinen Bauern. Ich könnte heulen, gleich verliere ich meinen ersten Stein und würde am liebsten aufhören.

Ich frage mich, was das für ein Training sein soll? Und wozu? Ich kann zwar immer noch nicht auf die Frage antworten, »was ich mal später werden will«, aber eins weiß ich schon sehr genau: Dass ich niemals etwas machen werde, womit ich Menschen wehtun könnte oder sie demütigen müsste.

»Du hast gewonnen«, sage ich zu meinem Vater,

weil ich den Bauern nicht opfern will. Darauf er: »So schnell verliert man nicht, mein Kind! Hab keine Angst und mach weiter. Der Mensch erträgt viel, sehr viel!« Dabei wird es weiß um seine Lippen.

»Sehr, sehr viel!«, wiederholt er und wirkt plötzlich tieftraurig.

Ich weiß bis heute nicht, was meinen Vater innerhalb weniger Sekunden so erbleichen ließ, als würde er ein anderer. Für Sekunden wirkte er dann hilflos und fahrig, als zerrte jemand in seinem Inneren an seinem Vorhandensein. Ich bekam Angst und hatte zugleich Mitleid mit ihm. Denn für Augenblicke verschwand mein sonst so kontrollierter und beherrschter Vater samt seiner Autorität, mit der er unser Familienleben dirigierte, hinter einer Blutleere.

Ich ahnte nur, dass es etwas mit seinem Anfang zu tun haben musste. Er selbst hatte es mir ja immer wieder gesagt: Der Anfang entscheidet über den Rest. Das heißt, es musste etwas in seiner Kindheit versteckt sein, das ihm wehtat wie eine Wunde, die immer wieder aufreißt. Aber er sprach nie darüber. Zwar erzählte er manchmal in groben Zügen über die verschiedenen Abschnitte seiner Kindheit, aber nichts darüber, was er dabei empfand, was ihn freute oder ängstigte oder was er vermisst hat.

Mein Vater wie auch meine Mutter oder wir Kinder sprachen nie über Gefühle. Nicht weil wir es nicht konnten, sondern weil wir es nicht *kannten*. Man zeigt seine Schwäche nicht, das ist haynape, sagen die Tscherkessen, das gehört sich nicht. Also sprach man nicht über seine seelischen Zustände, sondern tat alles dafür, sich stark und stolz zu zeigen.

Obwohl mein Vater sehr oft und sehr ausführlich mit einer außergewöhnlichen Rhetorik und Eloquenz über alle erdenklichen historischen und wissenschaftlichen Themen sprach, verstummte er schlagartig, wenn es um seine eigene Befindlichkeit ging. »Ich bin ein Technokrat und kann nichts denken, was nicht bewiesen ist«, verteidigt er sich bis heute.

Als Kind war es mir oft unerträglich, diesen theoretischen Wortkaskaden standzuhalten, aber sobald ich etwas Persönliches darin entdeckte, war ich hellwach und sammelte es gierig ein. Ich weiß nicht, warum ich mich dabei wie ein Dieb fühlte, als würde ich meinem Vater heimlich etwas stehlen. Plötzlich saß ich mit großen Augen kerzengerade und hörte genau hin, wie er seine Eltern beschrieb. Seine Mutter sei eine bildschöne, sehr junge Frau gewesen, schlank, mit gerader Nase, wie meine Mutter. Auch hätten beide dieselben Hände gehabt, zupackend und uneitel. Sie wäre die zweite Frau seines Vaters gewesen und um die Hälfte jünger als er.

»Sie muss so um die achtzehn Jahre alt gewesen sein, als ich geboren wurde«, erzählte mein Vater mit diesem seltsamen Blick, den er oft in solchen Momenten hatte – als hätte er sich verlaufen. In Abständen von fünf Jahren folgten sein Bruder und seine Schwester. Sein Vater, ein ehemaliger Soldat, der das Soldatentum nur schwer ablegen konnte, sei sehr hart gewesen und habe keinerlei Nähe geduldet.

»Dass ein Vater seinen Sohn in den Arm nimmt und ihm über den Kopf streichelt, habe ich das erste Mal gesehen, als ich sieben oder acht Jahre alt war, bei meiner ersten Fahrt mit meinem Vater nach Ankara. Ich konnte es nicht glauben, dass es so was gibt! Dass Väter streicheln können«, erzählte mein Vater in seiner unbewegten, ruhigen Art, holte tief Luft und fuhr fort: »Ja, das habe ich gedacht. So fremd war mir das. Ich habe in meiner ganzen Kindheit keine sieben Minuten mit ihm geredet. Wenn er nach Monaten endlich zurückkam, zog er sich gleich in den ersten Stock zurück und klopfte. Und meine Mutter musste ihm unverzüglich das Essen hochtragen, das Wasser, die Wäsche und auch den Tee.«

Dieser harte Mann sei aber auch ein sehr wacher Mensch gewesen, wortgewandt und belesen, habe den Koran in- und auswendig gekonnt und sei jahrelang als Hoca über die Dörfer gefahren.

»Aber leider hat er weder als Bauer noch als Geschäftsmann etwas getaugt«, sagte mein Vater bitter. »Er verkaufte die Grundstücke im Dorf, um in Ankara gleich *zwei* Bäckereien zu eröffnen. Ja, es mussten *unbedingt* zwei Geschäfte auf einmal sein! Mit all den dazugehörigen Maschinen und Tonnen von Mehl auf Halde. Aber er hatte keine Ahnung von alldem und war in kürzester Zeit bankrott. Er war pleite!« Immer, wenn mein Vater diesen Teil seiner Geschichte erzählte, lächelte er seltsam verzerrt, wie einer, der aus Angst pfeift oder aus Scham in Schweiß ausbricht.

In einem der Psychologiebücher in unserem Wohnzimmer las ich damals, dass nur die wenigsten Menschen darüber sprechen können, wenn sie sich bloßgestellt fühlen. Und dass die meisten stattdessen versuchen, ihren Alltag zu kontrollieren oder sich selbst zu perfektionieren.

Vielleicht ist die fast beängstigende Selbstdisziplin meines Vaters auch bloß eine Kompensation, dachte ich. Denn wir wissen von ihm selbst nur, dass seine ausgeprägte Angst vor Armut und die damit verbundene extreme Sparsamkeit in engem Zusammenhang mit der Verschwendungssucht meines Großvaters stehen.

Der Vater meines Vaters hatte seine Familie nicht nur in den Ruin getrieben, sondern nach dem Tod seiner Frau seine drei Kinder allein und mittellos zurückgelassen.

Wie dieses Drama im Alltag ablief, hat mein Vater uns nie erzählt, weil er natürlich weiß, dass sowieso kein Mensch imstande wäre, das Leid eines anderen nachzufühlen. Niemand kann nachempfinden, wie minderwertig sich ein zu Stolz und Männlichkeit erzogener Junge fühlen muss, der plötzlich gezwungen ist, für eine warme Mahlzeit und eine Ecke zum Schlafen von Tür zu Tür zu ziehen.

Glücklicherweise rettete seine außergewöhnliche Auffassungsgabe meinen Vater vor dem endgültigen sozialen Aus. Er durfte als Hochbegabter im ersten kemalistischen Elite-Internat nach westlichem Modell lernen und studieren. Aber was ihm bis zum Ende seiner Schulzeit wirklich zugestoßen ist, weiß niemand. Selbst meine Mutter hat nie nach Details gefragt, um ihn nicht in Bedrängnis zu bringen.

Jedenfalls war er intelligent genug, um den Unterschied zwischen den Besitzenden und sich selbst genauestens zu analysieren und den Unterschied an Bedingungen und Möglichkeiten herauszufiltern. Gleichzeitig kannte er seine eigene Leistungsfähigkeit sehr gut. Im Gegensatz zu all den anderen in der Klasse brauchte er kaum etwas zweimal zu lesen. Er speicherte die kompliziertesten mathematischen Formeln genauso schnell ab wie komplexe philosophische Traktate. Seine Verwandten im Dorf nannten ihn schon als Achtjährigen »Dede« – was übersetzt eigentlich »Opa« bedeutet, aber auch »alter, weiser Mann« –, weil er nicht nur fließend aus dem Koran lesen konnte, sondern weil er ihn auch verstand. Er hatte die beiläufigen Übersetzungen des Hocas, um den Kindern das Lernen zu erleichtern, nicht ignoriert wie die meisten, sondern direkt abgespeichert.

Was auch immer der wahre Grund sein mag, ich empfand das plötzliche Erblassen meines Vaters immer wie einen Schmerz, der in diesem Moment passiert. Nicht wie eine Narbe, die mal ein bisschen wehtut. Offensichtlich verliert eine tiefe Verletzung nie ihre Aktualität und wirkt mitunter sogar wie ein Rettungsring. Denn laut Freud »ist die Abwesenheit von Scham ein sicheres Zeichen von Schwachsinn«. Aber der sensible Internatsschüler war nicht schwachsinnig, sondern ein verletzlicher Feingeist. Vielleicht verabscheute er deshalb sein Leben lang alle Insignien des materiellen Wohlstands wie Eigentum, Glamour oder Machtgehabe, auch wenn er diese Abneigung mit seiner sehr reglementierten Erziehung erklärte. Denn Habgier und Prahlerei seien haynape, sagte er immer mit einem Augenzwinkern.

Natürlich habe ich jedes Spiel gegen meinen Vater verloren. Und jedes einzelne Schachspiel war für mich an Frustration nicht zu überbieten. Ich fühlte mich wie auf dem Kasernenhof.

Ich verstehe bis heute nicht, warum mein Vater ausgerechnet mich in diesem antiken Kampf trainieren wollte. Ich taugte doch gar nicht als Kombattantin. Ich kannte keine Strategien. Ich war ein Kind. Er selbst hatte meinen Weg von Anfang an geplant und auch den zukünftigen bereits vorgezeichnet. Ich hatte seiner Skizze nur zu folgen. So wie ich ihm immer bis zu seinem Sieg folgte, meist in einer Rochade, seinen König gut abgeschirmt hinter den drei Bauern, auf der rechten Seite. Mein Vater war stets ein gründlicher Planer, ein Statiker, der jedes Risiko auszuschließen hatte, der das Fundament erst dann berechnete, wenn er die Summe aller aufliegenden Lasten kannte. Selbst im Sieg war er abgesichert.

»Ich bin ein Beamter«, sagte er in ganz seltenen Momenten sogar etwas selbstironisch, »ich brauche Sicherheit. Ja, so bin ich.«

Für meinen Vater blieb das Schachspiel noch viele Jahre eine Art Survivaltraining und Lebenshilfe. Später holte er sich Fritz. Einen Computer. Und duellierte sich fortan mit einem virtuellen Gegenüber, ohne je das echte Schachbrett wegzuräumen, auf dem die Figuren bis heute noch regelmäßig ausgewechselt und neu dekoriert werden. Nur so. Weil ein Schachspiel eben schön aussieht.

Ich dagegen sah und sehe auf dem Brett nur eine Geschichte ohne Happy End. Und die einzige Parabel, die ich in diesem schwarzweißen Drama entdecke, ist die vom unglücklichen Königspaar. Denn König und Königin stehen in sich widersprechenden Welten, die sich nie berühren werden, egal wie viele Bauern geopfert werden, wie viele Türme, Läufer und Springer fallen.

Die einzige Analogie, die ich in diesen vierundsechzig Feldern sehe, ist, dass Beziehungen mit unvereinbaren Interessen keinen Frieden finden können. Für sie gibt es nur ein Entweder-oder. Und ein Remis bedeutet keineswegs Harmonie, sondern lediglich Waffenstillstand. Die Ruhe vor dem nächsten Angriff.

Meine Eltern lebten in einer ähnlich kontrastvollen Konstellation wie das hölzerne Paar in dem Spiel.

Ihre Absichten und Wünsche waren so verschieden wie das Schwarz und das Weiß auf dem Schachbrett, was durch ihre ungleiche Auffassung von Musik am deutlichsten wird.

Ich kann mich nicht erinnern, dass meine Mutter je von sich aus das Radio angeschaltet hätte, um eine bestimmte Musik zu hören. Sie wollte zwar sehr gern, dass ihre Töchter Akkordeon lernten, weil es das Instrument der tscherkessischen Volksmusik schlechthin ist, aber ihr Interesse war nicht so groß, dass sie diese Musik selbst hätte hören wollen.

Dagegen führte der erste Weg meines Vaters, sobald er die Wohnung betrat und Mantel und Aktentasche im Flur abgelegt hatte, zu seiner Musiktruhe, ein kommodenartiges Möbelstück mit eingebautem Plattenspieler, um seine Lieblingsarien zu hören, wie »Sempre libera« oder »Brindisi« aus »La Traviata« oder aus der »Lustigen Witwe«: »Lippen schweigen, s'flüstern Geigen, hab mich lieb«.

Währenddessen zauberte meine Mutter hinter der geschlossenen Küchentür eines ihrer großartigen Abendessen und hörte nichts. Sie sah auch nicht, wie sich mein Vater nach den ersten Takten einen doppelten Whisky nahm und von seinem Sessel aus die Musik wie ein Amuse Gueule in sich aufnahm:

All' die Schritte sagen bitte,
hab' mich lieb!
Jeder Druck der Hände deutlich mir's beschrieb,
er sagt klar: 's ist wahr, 's ist wahr,
du hast mich lieb!

Auch an den Wochenenden suchte er, noch im Morgenmantel und die Kaffeetasse in der Hand, die passende Platte für den Tag. Je nach Jahreszeit und Stimmung hörte der Rest der Familie dann mit, wie sich das Oberhaupt fühlte. Solange meine Mutter lebte, nannte sich mein Vater selbst gern »das Familienoberhaupt«. Er trüge ja schließlich die ganze Verantwortung, lautete die Begründung.

Obwohl er eigentlich kaum an dem familiären Miteinander teilnahm, sprach er ständig über die Pflicht und Verantwortung innerhalb einer Familie. Und als deren »Oberhaupt« fühlte er sich unter anderem verpflichtet, uns mit klassischer Musik vertraut zu machen, dieser »großartigen Komplexität aus höchst differenzierten rhythmischen Abläufen«, wie er uns mit ungewohnter Hingabe erklärte. Und wenn er uns Beethovens neunte Sinfonie erläuterte, sah er aus wie ein Gläubiger im Gebet: »Freude schöner Götterfunken, Tochter aus Elysium, wir betreten feuertrunken, Himmlische, dein Heiligtum«. Dabei gestikulierte mein sonst sehr unbewegter Vater mit den Armen, als wolle er uns mit den Worten füttern. Bei Volksmusik dagegen, ob türkische, tscherkessische oder deutsche, verzog er das Gesicht, als hätte er Verdauungsstörungen.

So sprühten dann im Frühling meist wogende Walzer aus unserem Wohnzimmer durch die gesamte Wohnung, natürlich in bestem Stereoklang vom besten Plattenspieler, den mein Vater kaufen konnte: einem Schaub Lorenz aus Nussbaumholz, mit automatischem Plattenwechsler und eingebautem Radio.

Noch heute sehe ich bei den ersten Hörnerklängen des Donauwalzers, wie mein Vater, mit einem selig entrückten Blick am Balkonfenster stehend, die Wiener Symphoniker dirigiert! Und dabei zufrieden in seinem tiefen Ton spricht: »Karajan ist der Beste!«

Auch für Beethovens Neunte attestierte er Herbert von Karajan das größte Können, selbstverständlich erst nach einem gründlichen Vergleich mit einem Dutzend anderer Interpretationen, die der Rest der Familie nicht im Geringsten voneinander unterscheiden konnte. Wir waren nur genervt von einem erneuten Wochenende voller Beethoven. Erstaunlicherweise habe ich aber bis heute nicht vergessen, wer seiner Meinung nach die besten Sänger waren, obwohl ich sie selbst gar nicht kannte: Waldemar Kment und Gundula Janowitz.

Unvergessen bleibt mir auch die Arie aus der Operette: »Das Land des Lächelns« von Franz Lehár, die er manchmal den ganzen Tag lang immer wieder hörte. Doch selbst dann bekam meine Mutter nicht so genau mit, was Anneliese Rothenberger und Rudolf Schock sangen, weil sie im Schlafzimmer bügelte:

Dein ist mein ganzes Herz!
Wo du nicht bist, kann ich nicht sein.
So, wie die Blume welkt,
wenn sie nicht küsst der Sonnenschein!
Dein ist mein schönstes Lied,
weil es allein aus der Liebe erblüht.
Sag mir noch einmal, mein einzig Lieb,
oh sag noch einmal mir:
Ich hab dich lieb!

Dabei saß mein Vater wie immer in seinem Sessel, an der Längsseite des Couchtisches neben dem Schachbrett, die Musiktruhe vor sich, darauf die goldene Standuhr in einer Glaskugel, hinter ihm die dunkle Wanduhr mit Pendel, an seinem Handgelenk eine silberne, metallene Uhr, die ihn in regelmäßigen Abständen piepsend an seine Medizin oder an das pünktlich einzunehmende Essen erinnerte.

Uhren waren neben Büchern und dem Schach die dritte Leidenschaft meines Vaters, die niemand verstand und die er von sich aus auch nie erklärt hat. Es gab keinen Winkel in der Wohnung, inklusive Toiletten und Balkons, ohne Zeitangabe. Meine Schwester erklärte dieses Uhrenpanoptikum mit dem Internatsdrill seiner Kindheit, niemals sinnlos Zeit zu verlieren und nichts dem Zufall zu überlassen. »Denk dran, was er beim Schach sagt«, grinste sie, »der Anfang entscheidet über den Rest. Außerdem kann ein Statiker niemals etwas dem Zufall überlassen, er allein trägt ja die Verantwortung, wenn der Bau einstürzt.«

Nach dem Tod meiner Mutter vor drei Jahren sortierte er alle Arien aus dem Plattenschrank aus: »Mit den Hörgeraten macht es keinen Spaß mehr«, sagte er müde und etwas teilnahmslos, obwohl er die schon zu ihren Lebzeiten getragen hatte. Auch die Schachfiguren hat er seitdem nicht mehr angerührt. Der bekennende Technokrat hat mittlerweile sämtlichen Ehrgeiz verloren, sich mit irgendetwas oder irgendjemandem zu beschäftigen. Er war sowieso schon immer ein Einzelgänger, der nur sehr widerwillig Besuche machte und sich auch nur mit denen unterhielt, die er als ihm ebenbürtig empfand. Ich kannte meinen Vater nur als einen Menschen, der gern mit sich und für sich war.

Aber langsam und allmählich ahne ich mit einer unscharfen Idee und ärgere mich, dass das Verstehen so lange dauerte, warum er sich mehr und mehr aus sämtlichen sozialen Beziehungen zurückgezogen hat. Das geschah ganz sicher nicht freiwillig.

Nachdenkliche und verträumte Naturen faszinieren vielleicht in der inszenierten Wirklichkeit von Operetten und Filmen, aber in der *wirklichen* Wirklichkeit stößt die Abgeschlossenheit ihres Wesens eher ab. Das Gegenüber fühlt sich nicht wahrgenommen und nicht gewollt und zieht sich irgendwann zurück. Die anfängliche Neugier auf die Ideen des Grüblers verwandelt sich bald ins Gegenteil, und der Zuhörer beginnt sich allmählich zu distanzieren, bis er den Diskurs schließlich komplett als weltfremd ablehnt.

Durch einen ähnlichen Prozess blieben auch die Gesprächspartner meines Vaters immer öfter fern, worauf er sich noch tiefer in die Stille seines Kopfes zurückzog. Nun sitzt er endgültig allein und etwas scheu in seiner neuen kleinen Zweizimmerwohnung, zusammengesackt zwischen seinen Uhren und den silbern gerahmten Schwarzweißfotos seiner Ahnen und seiner Frau.

»Was sollte ich denn noch mit einem Esszimmer und zwei Balkonen anfangen? Einer reicht doch auch«, begründete er den überstürzten Wohnungswechsel nach dem Tod meiner Mutter. Dabei schien er so verwirrt, als hätte er sich wieder verlaufen.

Manchmal aber steht er auch heute noch ganz unvermittelt auf und zieht, aufgeregt wie früher, die neuesten Publikationen der Hirnforschung hervor, um sie noch im selben Augenblick wieder zurückzuschieben: »Ach was«, sagt er dann kraftlos, »mich interessiert das Lesen nicht mehr.« Als wolle er eine Last abwerfen, rutschen ihm die Worte aus dem Mund.

Dieser athletische Mann, der nie ohne Morgengymnastik seinen Tag begann, dieser Fragende, der noch mit achtzig Jahren das Erscheinen des letzten Bandes der Brockhaus-Enzyklopädie in Goldschnitt gefeiert hatte, will keine Antworten mehr. Er wirkt plötzlich sehr alt, sehr klein, sehr hilflos, und klingt, als würde er alles bedauern, restlos alles. Alle Bücher, alle Uhren, alle Schachfiguren und alle Operetten, seine Ideale, die Arbeit und den Umzug nach Deutschland.

»Die haben uns hier nie gewollt«, sagte er bei meinem letzten Besuch mit demselben blassen Blick, wie ich ihn aus meinen Kindertagen kenne, als zerrte gerade wieder jemand an seinem Vorhandensein: »Die haben uns hier nie gewollt. Und die werden uns hier auch nie haben wollen, nie«, wiederholte er blicklos, als spräche er durch mich hindurch.

Aber leichtsinnig wird er dennoch nie werden. Noch immer überprüft er regelmäßig die beiden griffbereiten Feuerlöscher. Der im Wohnzimmer zwischen Bücherregal und Couch ist auf Pulverbasis und muss regelmäßig erneuert werden, der mit der Schaumtechnik, ohne Verfallsdatum, steht am Kopfende des Bettes im Schlafzimmer. Und im Badezimmer liegt ein zwanzig Meter langer gelber Schlauch, der an einen Extrawasserhahn angeschlossen ist, sorgfältig zusammengerollt unter dem Waschbecken. Weil ein guter Schachspieler eben immer auf alle Eventualitäten vorbereitet sein muss.

III.
GLÜCKSKEKS UND ZWEI BALKONE

> Der Gedanke, sich selbst zu verändern, setzt die Kraft voraus, das alte Leben hinter sich zu lassen – und damit auch die Menschen, die man kannte.
>
> *Richard Sennett,*
> Respekt im Zeitalter der Ungleichheit

»Man weiß selten, was Glück ist – aber man weiß meistens, was Glück war«, stand auf dem Beipackzettel eines Glückskekses, den mir eine Frau, die ich gerade erst kennengelernt hatte, spontan in die Hand drückte. Wir hatten alle erdenklichen Gesprächsfelder abgearbeitet, wie es so häufig passiert, wenn man sich zum ersten Mal begegnet. Aus Verlegenheit oder Unsicherheit redet man meist zu lange und zu wirr, vergleicht etwas verstohlen die gegenseitigen Erfahrungen und Konsequenzen. Und ob man sich dann noch einmal wiedersehen will, hängt davon ab, wie man sich verabschiedet. Unser Abschied war in einem Glückskeks verpackt. Das war Anfang Dezember 2007 in Berlin-Mitte.

Mir gefiel die vertraute Geste der Unbekannten, und mir gefiel auch, was ich las, als ich etwas später in der Straßenbahn mit kaltgefrorenen Fingern den Keks aufgebrochen und den Zettel auseinandergerollt hatte. Es kommentierte auf eine fast spitzfindige Art das Ende meines sehr ruhelosen Jahres.

Durch einen Zufall entdeckte ich drei Wochen später, dass der Keks-Satz aus der Feder der französischen Schriftstellerin Françoise Sagan stammt. Und das war in der Tat mehr als spitzfindig. Denn gerade diese Frau hat, wie kaum eine andere ihrer Zeit, jahrelang in sämtlichen Casinos der Welt so rasend und exzessiv um ein bisschen Glück gerungen, dass sie schließlich nach einer Überdosis aus Opiaten und Alkohol in die Nervenklinik eingewiesen wurde. Meinte sie etwa, dass *das* ein Glück für sie gewesen war?

Wie auch immer. Irgendetwas elektrisierte mich an dieser Begebenheit. Es war, als träfen sich in den Kekskrümeln drei Biographien, die unterschiedlicher nicht hätten sein können.

Von der Berliner Unbekannten wusste ich nur, dass sie seit dem Mauerfall mit den Folgen einer gebrochenen Biographie sehr vertraut war. Und dass sie ihre ersten drei Lebensjahre in einer Art

Säuglingsheim verbracht hatte. Sie sprach fast unberührt davon, ohne Wehmut. »Das war eben so«, sagte sie, »damals in der DDR. Wenn die Eltern, aus welchen Gründen auch immer, nicht mit ihren kleinen Kindern sein konnten, war es möglich, sie in einer Wochenkrippe unterzubringen.« Auch den größten Teil ihrer Schulzeit überbrückte sie nach dem Unterricht in einem Hort, weil ihre berufstätigen Eltern nur am Wochenende Zeit für sie hatten. Später studierte sie Kunstgeschichte und Literatur und arbeitet heute in einem Verlag. »Ich bin eine Deutsche, die ihr Vaterland verloren hat, ihre Muttersprache aber behalten konnte«, sagte sie ironisch lächelnd.

Dagegen kannte ich die Sagansche Vita sehr viel ausführlicher, denn ich spielte seit Anfang des Jahres ihr wohl bekanntestes Stück: »Lieben Sie Brahms?« Ich kannte ihre multiplen Geisteswelten zwischen »Geschwindigkeit, Meer und Mitternacht«, zwischen krankhaften Süchten und dem Ringen um Liebe, ihre Kämpfe gegen das Älterwerden und die bürgerliche Dekadenz.

Und da war ich, mit der Biographie wie ein Flickenteppich aus türkischem Kind, berufstätiger Deutscher, Mutter, Köchin, Putzfrau und Geliebter, die in einem Dauerslalom zwischen all den verschiedenen Ichs nach einem geraden Weg sucht, mal im Licht, mal im Dunkeln.

All das sollte in einen einzigen Keks gebacken sein? Trivialer geht's nimmer, dachte ich, und trotzdem schien mir, als steckte ich in einer Zeitschleife: das Jahr hörte auf, wie es begonnen hatte: mit Françoise Sagan, mit den Worten einer Seelenverwandten, deren Texte mitunter wie Magenbitter schmecken, manchmal auch wehtun wie ein Nadelstich, wie zum Beispiel diese Passage aus »Blaue Flecken auf meiner Seele«: »Die Einsamkeit, dieser kleine mechanische Hase, den man auf den Hunderennbahnen loslässt und hinter dem die großen Hasen unserer Leidenschaften, unserer Freundschaften atemlos und begierig herstürzen, den sie niemals einholen.« Das klingt tieftraurig und macht hilflos, als wäre unsere Existenz so trüb und fremdbestimmt.

Und trotzdem erscheint mir die Sagan wie die *Luxusausgabe* einer Existenzialistin. Mich fasziniert und befremdet zugleich, mit welcher Selbstironie und Gelassenheit sie sich in ihrer Welt spiegelt.

Sie hat zum Beispiel nie ein Manifest unterschrieben, weil ihr Name unter einem politischen Papier »eher frivol gewirkt hätte«, wie sie sagte.

Und so hat sie sich entschieden, wozu sie sich selbst sogar beglückwünscht, trotz »der blauen Flecken auf der Seele«: »Meine einzige Lösung war, zu tun, wozu ich Lust hatte: feiern.« Und ein paar Seiten weiter ruft sie den potenziellen Selbstmördern zu: »Um Himmels willen! Eleganz, ein bisschen Eleganz! Man sollte sich nicht, weil das Leben so wenig elegant ist, genauso wie es benehmen!«

Die Sagan kannte den materiellen und den sozialen Luxus des Lebens sehr genau. Sie gehörte als Unternehmertochter mit Ferraris und Landhaus in der Normandie von Geburt an in die Kernzelle der französischen Gesellschaft. Unausweisbar!

Während für mich, eine türkische Migrantin, die immerhin von der »Gastarbeitertochter« zur »ausländischen Mitbürgerin« aufsteigen durfte, von Anbeginn der Platz am Rand der deutschen Gesellschaft vorgesehen war, de jure und de facto: Zunächst mit einer befristeten Aufenthaltserlaubnis, die anfangs jährlich, später dann alle fünf Jahre verlängert wurde, bis ich schließlich die Erlaubnis bekam, den Antrag auf die *unbefristete* Aufenthaltserlaubnis zu stellen. Und dann – endlich nach Abitur und Volljährigkeit und der Mindestdauer von acht Jahren unbefristeter Aufenthaltserlaubnis

– das Recht auf eine Aufenthalts*berechtigung* in Anspruch nehmen durfte – als die »höchste Verfestigungsstufe des Aufenthalts«, wie es im Behördendeutsch heißt.

So hatte ich endlich einen »besonderen Ausweisungsschutz« – und konnte nun in aller Ruhe im besetzten Haus in Hannover-Buchholz belegte Brötchen verteilen oder mich als eine von fünfhundert Demonstranten auf die Gleise setzen und gegen zu hohe Fahrpreise protestieren.

Es ist vollkommen klar, dass ein Land Gesetze braucht, um mit der Zuwanderung umzugehen, aber die Wortwahl zeigt auch immer, welche innere *Haltung* der Gesetzgeber zu den Ankommenden hat. Die Rot-Grüne Bundesregierung hat zwar in der Novellierung des Ausländergesetzes vom 1. Januar 2005 versucht, die Aufenthaltstitel von ehemals vier (Aufenthaltsbefugnis, Aufenthaltsbewilligung, Aufenthaltserlaubnis, Aufenthaltsberechtigung) auf nur zwei zu reduzieren, nämlich Aufenthaltserlaubnis und Niederlassungsrecht, und es gibt seitdem auch ein »Bundesamt für Migration und Flüchtlinge«, aber die ausgrenzende Haltung im niedergeschriebenen Gesetz ist geblieben.

Dort heißt es nach Paragraph 1, Absatz 2 des Ausländergesetzes: »Ausländer ist jeder, der nicht Deutscher im Sinne des Artikels 116, Absatz 1 des Grundgesetzes ist.« Und weiter: »Deutscher im Sinne dieses Grundgesetzes ist vorbehaltlich anderweitiger gesetzlicher Regelung, wer die deutsche Staatsangehörigkeit besitzt oder als Flüchtling oder Vertriebener deutscher Volkszugehörigkeit oder als dessen Ehegatte oder Abkömmling in dem Gebiete des Deutschen Reiches nach dem Stande vom 31. Dezember 1937 Aufnahme gefunden hat.«

Ich habe zwar nicht jene angeborene »deutsche Volkszugehörigkeit«, aber auf mich trifft der erste Teil des langen Satzes zu: denn ich »besitze« seit dem 12. Juni 2002 die deutsche Staatsangehörigkeit und bin also nach dem Gesetz auch eine Deutsche, wenngleich eine mit »Migrationshintergrund«, wie der Volksmund immer noch gern den Unterschied betont. Da sind »blaue Flecken auf der Seele« vorprogrammiert. Vielleicht konnte ich deshalb nie den »Blick vom Rand«, der eigentlich der Blick jeder kulturellen Minderheit ist, auf die Mitte der deutschen Gesellschaft ablegen, obschon ich parallel auch in sie hineinzuwachsen und mit ihr zu verschmelzen begann. Ohne zu ahnen, wie sehr diese Positionierung am Rand ein Leben bestimmen kann. Bis ich Marcel Reich-Ranicki hörte.

Als der unvergessliche Literaturkritiker nach dem Erscheinen seiner Autobiographie »Mein Leben« gefragt wurde, was er sich denn wünschen würde, wenn er wiedergeboren werden könnte, wehrte der Großmeister der Worte mit gelangweiltem Blick und seinem legendären Lispeln ab: Das sei doch »rrreiner Humbug«, sagte er, das R fest rollend, und versuchte mit einer Handbewegung diesen »Unsssinn« wegzuwischen. Um dann aber auf Drängen des Fragers doch zu antworten: »Gesetzt den Fall, es wäre wirklich möglich, dann …«, er machte eine Zäsur, legte den Kopf etwas zurück, so als sähe er sich die vergangene Zeit an wie ein Bild, und fuhr dann fort: »Also, wenn ich tatsächlich noch einmal wiedergeboren werden sollte, dann möchte ich in die Mitte der Gesellschaft hineingeboren werden.«

Ich war sprachlos, alles hatte ich erwartet, bessere Bücher, ein Leben ohne Ghetto, seine Frau noch einmal kennenzulernen, aber nicht diese Antwort. Ein achtzigjähriger, mit Anerkennung und Preisen überhäufter Mann, der zum Literaturpapst gekrönt worden war, wünschte sich etwas, das er offensichtlich nie erlebt hatte und sich nicht einmal vorstellen konnte! Mir war, als hörte ich alle Migranten der Welt aus einem Mund sprechen: Wenn du nicht in die Mehrheitsgesellschaft *hineingeboren* wirst, bleibst du bis zu deinem Ende am Rand.

Und genau in diesem Punkt liegt der Unterschied zu der »luxuriösen« Biographie Sagans. Ich hätte mir als junge »Frau vom Rand« einen Satz, wie sie ihn in »Lieben Sie Brahms« schreibt, nie »leisten« können: »Erstaunlich, wie der Tag zu Ende geht und man das Gefühl hat, man kann der Vergeblichkeit nicht länger ausweichen.« Mir erscheint diese Haltung wie ein Halbschlaf auf einer lila Recamière, umhüllt von Chanel Nr. 5 und Kamingeräuschen. Eine Existenz voll entspannter Sicherheit und Selbstbewusstsein.

So gern ich diese Szene auch immer wieder spiele, so weiß ich doch jedesmal, dass ich diesen Zustand in der wirklichen Wirklichkeit nicht erreichen werde. So eine saturierte Haltung kann niemand einnehmen, der »am Rand« steht. Diese Lässigkeit: »Am Ende weiß man, dass man sich erst dann besser fühlt, wenn man aufgewacht ist und wieder Tageslicht herrscht, aber man weiß auch, dass jeder Tag unweigerlich in dieses (vergebliche) Gefühl zurückführt.«

Ich wäre nie auf die Idee einer »Vergeblichkeit« gekommen. Unser Tun *durfte* nicht vergebens sein oder nutzlos! Wir waren ja hierhergekommen, damit wir den größtmöglichen Nutzen für uns herausarbeiten. Mit der Betonung auf *arbeiten*. Aber eben nicht arbeiten, um die Mitgliedschaft in der Mitte zu verfestigen, sondern arbeiten, um sich irgendwann wieder aus dem System zu verabschieden. Das heißt, die Arbeit hatte nichts Identitätsstiftendes, ob als Schneiderin oder Konstrukteur, ob als Bergmann oder Lackierer. Sie war lediglich als vorübergehende Option gedacht. Man nannte uns »Gastarbeiter«.

Und »Gastarbeiter« können sich diese gelangweilte Melancholie nicht leisten, weil ihr Lebensraum umzäunt ist von sehr filigranen Gesetzesbestimmungen: einer Aufenthaltsverordnung – Beschäftigungsverordnung – Integrationskursverordnung – Drittausländerverordnung (ein *Drittausländer* ist eine Person, die nicht Staatsangehöriger eines der Mitgliedstaaten der Europäischen Gemeinschaft ist –, was eine besonders scharfe Ausgrenzung für die knapp drei Millionen türkischstämmigen Menschen in Deutschland bedeutet).

Migranten sind gegenüber dem gesellschaftlichen Leben entweder passiv, weil überfordert – oder aktiv daran beteiligt, weil interessiert. Aber des Lebens *überdrüssig* oder gar vom Leben *gelangweilt* sind sie nicht! Denn zu Lässigkeit und Langeweile gehören Muße und Freiheit. *Angstfreiheit*.

Françoise Sagan lebte zumindest in einer *materiellen* Freiheit, litt aber dennoch unter der Sinnlosigkeit ihres Tuns. Wie all ihre Romanfiguren. Keine von ihnen will auf Luxus und Unabhängigkeit verzichten und leidet trotzdem unter der Absurdität des Daseins. Sie fühlen sich »hineingeworfen ins Nichts« und versuchen diese Leere mit allen erdenklichen Exzessen auszufüllen. Feste Beziehungen hätten ihr »Unglücklichsein« nur vergrößert, sagte Sagan, also entschied sie sich, wie die meisten der damaligen Existenzialisten, gegen die bürgerliche Zweisamkeit. Trotzdem blieb ihre größte Angst die Einsamkeit: »Das Einzige, wovor ich Angst hätte«, sagt sie, »wäre, allein zu sein in einem leeren Haus. Sterben ja, aber mit der Nase am Hals eines anderen.«

Ich dagegen brauchte nicht nur den »Hals eines anderen«, sondern vor allem die Hand, die Hand meiner Mutter, meines Vaters und meiner Schwester. Ich brauchte den Halt durch etwas Vertrautes. Ich musste irgendwohin gehören und brauchte ihre Hände als Kompass und Anker. In unserem vierköpfigen Kleinstaat gab es nämlich keine Visumpflicht, und niemand wäre jemals ausgewiesen worden. Diese Beziehung hatte kein Verfallsdatum. Sie war unbefristet. Aber wir lebten trotzdem wie in einem Luftzug, wie auf einer Brücke zwischen zwei Zeitbegriffen – zwischen dem »Früher« und dem »Später«.

Wann immer es irgendwelche Konflikte gab, schlechte Noten oder pubertärer Trotz, sagten meine, sonst sehr verschiedenen, Eltern unisono: Früher wäre es besser gewesen, und später wird es auch wieder besser werden, aber *jetzt* müssten wir uns zusammenreißen und arbeiten. Und wir arbeiteten, gemäß Nietzsches Worten: »Wer ein Warum zum Leben hat, der erträgt fast jedes Wie.« Unser Warum hieß »Später«, hieß Abitur, jedenfalls winkte da so etwas wie eine Zielflagge, auf der das Wort »Zurück« leuchtete.

Als die ältere Tochter war ich mit der Versetzung in die zwölfte Klasse die Erste, die in diese Zielgerade zum »Später« einlief. Aber je näher ich dieser Zeitsperre kam, desto langsamer wurde ich. Ich mochte kaum noch in die Schule, jeder Tag war bleischwer und lähmte mich. Zu denken und abzuwägen hatte ich sowieso nichts mehr. Denn mir blieb ja keine Alternative. Ich war mit meinen Eltern hierhergekommen und würde mit ihnen wieder zurück müssen. Auch wenn ich nicht wollte. Mein Türkisch war verkrüppelt, ich kannte keine Verwandten mehr, und die dortigen Umgangsformen waren mir so fremd wie die in Ghana. Ich hätte genauso gut nach Afrika auswandern können, statt zurück in eine mir unbekannte Türkei. Die Erinnerung schmeckte wie eine abgelaufene Konserve.

Die Gesprächsversuche mit meinem Vater blieben vage und unbefriedigend, er schien sogar fast überrascht, dass das »Später« schon nach dreizehn Jahren vor der Tür stand und dass er eigentlich hätte handeln müssen. Koffer packen und mich an einer türkischen Universität anmelden oder so etwas Ähnliches, irgendetwas tun, das in irgendeiner Weise seinen Aufbruch signalisierte. Aber er tat nichts. Er konnte es nicht. Mein ständig denkender Vater hatte trotz aller Uhren die Zeit verpasst. Das »Später« klopfte zu früh an unsere Tür. Wir haben nie wieder über diese für alle sehr nervöse und belastende Zeit gesprochen, die mir aus heutiger Sicht ganz deutlich einen geistigen Wendepunkt zu unserem Bleiben in Deutschland markiert.

Mein Vater schien genauso hilflos und paralysiert zu sein wie ich. Aber damals begriff ich den Grund nicht. Das wäre auch zu viel verlangt. Denn eine Achtzehnjährige wird nie die existenzielle Dimension des Älterwerdens begreifen können.

Ich jedenfalls interpretierte das Zögern meines Vaters als Schwäche und zog aus. Ich flüchtete fast panikartig aus meiner sicheren Burg, mit nur einer Tasche und dem Bettzeug. Ich ging zwar danach wieder etwas motivierter in die Schule, denn das Abitur wollte ich unbedingt machen, aber ich hatte ständig Alpträume. Denn ich ahnte, dass mein Auszug die Lebensplanung meiner Eltern vernichtet hatte. Für sie war es Hochverrat an unserem Kleinstaat, und zur Strafe durfte ich zwei Jahre lang nicht mehr zurück. Nicht einmal meine Schwester durfte ich sehen oder sprechen. Und trotzdem fühlte ich mich schuldig. Ich kam mir vor wie ein Tier, das sein Junges frisst.

Obwohl ich eigentlich tief zufrieden war, raus zu sein aus der elterlichen Zeitzange, endlich »frei« zu sein von ihrem moralischen Pflichtenkatalog, fühlte ich mich mehr und mehr fremd in meiner neuen Welt, so fremd, wie ich es vorher, als ich noch zu Hause wohnte, nicht gekannt hatte. Ich führte für fast zwei Jahre eine Art Asylantenleben in den verschiedensten Wohngemeinschaften und lernte die bizarrsten sozialen Gruppierungen samt ihren Einrichtungen und gesellschaftlichen Haltungen kennen.

In meiner ersten WG war ich zunächst überglücklich, für nur fünfzehn Mark im Monat unterzukommen. Aber ich hatte die meiste Zeit Angst. Da tat niemand nichts, von morgens bis abends liefen betäubte oder betrunkene Gestalten durch die stets abgedunkelte Dachgeschosswohnung. Es ging zu wie im Taubenschlag. Ständig kamen andere Fremde hinzu, brachten kleine Päckchen, bekamen Geld dafür und gingen wieder. Ihre Zigaretten rochen anders als meine, irgendwie süßlich. Und von ihrer Musik wurde mir schwindelig. Kichernde Mädchen backten Kekse, von denen sie noch lustiger wurden, kochten Tee aus Blättern, die sie von den Pflanzen auf der Fensterbank pflückten. Jeden Abend rief ein anderer zu einer Fete auf, wie damals die Partys genannt wurden, die ich weder sehen noch erleben wollte. Aber ich wusste ja nicht, wohin!

Mit der Begründung, dass ich am nächsten Morgen in die Schule müsste, verkroch ich mich in meine winzig kleine Kammer mit den schwarz gestrichenen Wänden und einem Lichtloch im

Gebälk. Fünf Monate lang lebte ich wie in einer Erstarrung und sah zu, wie sich gleichaltrige Mädchen und Jungen freiwillig die Klarheit aus dem Hirn wegtranken, wegrauchten oder wegspritzten.

Glücklicherweise war es in meiner nächsten WG heller. Eine Altbauwohnung mit großen Fenstern und einer riesigen Küche, deren Wände mit Plakaten von Marx, Che, Brecht und dem sterbenden Soldaten in Vietnam zugeklebt waren. Hier wurde kistenweise Bier getrunken und bis Sonnenaufgang diskutiert, »ob es ein richtiges Leben im falschen« gäbe. Man sprach von der reinen Lehre, von Marx, Hegel und Adorno. Von Produktionsverhältnissen, Produktionsbedingungen, von Mehrwert und Entfremdung. Bis nach hunderten selbstgedrehten Zigaretten Lunge und Stimmbänder streikten. Mir gefiel zwar, was ich hörte, aber mir fehlte mehr und mehr der Schlaf. Ich konnte mich kaum noch auf den Beinen halten, geschweige denn lernen oder mit diversen Jobs mein Geld verdienen, um meine Miete zu zahlen, die jetzt schon dreißig Mark betrug.

Also zog ich nach knapp einem Jahr weiter, diesmal in eine Neubauwohnung. Hier waren die Wände behängt mit James Dean im Rennwagen und

Marlon Brando in Lederjacke; und auf jedem freien Fleck, bis in die Duschkabine hinein, lächelte das Gesicht der Monroe, in jeder erdenklichen Ausführung. Für meine Schlafecke in einer Art Abstellkammer musste ich fünfzig Mark bezahlen, aber dafür lief der Umgang miteinander geordneter ab, der Kühlschrank war eingeteilt und auch die Putzzeiten. Die zwei berufstätigen Paare lebten in festen Beziehungen, und so wurde weniger in der Gruppe geredet, aber, zu meinem Leidwesen, nicht weniger laut, wenn sie unter sich waren. Rund um die Uhr krachte und knallte es zwischen den Mittzwanzigern hinter ihren verschlossenen Türen, so dass auch hier kaum ein durchgängiger Schlaf möglich war.

Nach weiteren sechs Monaten fand ich endlich eine bezahlbare Möglichkeit, allein zu wohnen, das heißt ganz allein war ich auch hier nicht, denn die »Hauptmieterin« meiner neuen Unterkunft war eine Vierbeinerin – eine uralte Katze, so groß wie ein Lamm, die auf den Namen Rosettchen hörte. Ihr »Frauchen« war verstorben, und die Tochter, der die Wohnung gehörte, wollte der Katze keinen Umzug mehr zumuten. So durfte ich zu Rosettchen ziehen, in eine wunderschön möblierte Zweizimmerwohnung, konnte endlich regelmäßig ausschlafen und die Schule beenden. Aber wirklich froh war ich trotzdem nicht. Mir fehlte der Hals und die Hand meiner Familie, die mir erst nach meinem bestandenen Abitur wieder die Tür öffnete. Nach über zwei Jahren durfte ich endlich wieder am gemeinsamen Tisch sitzen, Beethoven hören und meiner Mutter beim Häkeln zusehen.

Meine Schwester bog nun ihrerseits in ihre schulische Zielgerade ein. Was würde nach ihrem Abitur mit uns werden? Würden meine Eltern jetzt die Koffer packen? Müsste ich, müssten wir dann nicht auch mit zurück? Schließlich waren sie ja wegen uns hierhergekommen. Also durften wir sie jetzt doch nicht allein lassen!

Diese Fragen bohrten so sehr in mir, dass ich die politischen Vorgänge um mich herum kaum wahrnahm. Und selbst wenn, dann begriff ich sie nicht. Was ich von heute aus besehen sehr bedauere, denn ich bin eigentlich durch die Achtundsechziger politisiert worden. Je mehr sich mein Vater und die anderen Erwachsenen über deren Widerstand und »unanständiges« Benehmen aufregten, desto mehr gefiel mir, was die da draußen taten, und die Freiheit, mit der sie es taten. Die Hippies machten Liebe unter freiem Himmel, die Studenten wehrten sich gegen autoritäres Herrendenken und die

Spießermoral, sie demonstrierten gegen den Krieg in Vietnam, forderten Solidarität mit den Schwachen der Welt. Dafür wurden sie von brutalen Polizisten gejagt, geprügelt und sogar erschossen. Deutschland war in Bewegung und im Umbruch, und ich hätte gern all die Schlagzeilen über Baader, Meinhof, Stammheim, RAF und Terror besser verstanden, den Zusammenhang der trauerumflorten Namen Buback, Ponto, Schleyer, die Bilder der umherirrenden Lufthansamaschine und die Worte Mogadischu und Deutscher Herbst 77. Aber zur gleichen Zeit begann ich an der Hochschule für Musik und Theater zu studieren und sollte meinen eigenen Umbruch erleben, mich »öffnen und loslassen«, um »sensibel zu werden und meinem Gefühl zu vertrauen«, wie es im Anforderungsprofil der Ausbildung hieß.

Obwohl ich nicht wirklich viel von den Geschehnissen um mich herum verstand, war mir der gewalttätige Teil der Bewegung jedoch zutiefst suspekt. Ich konnte nicht akzeptieren, wie junge Menschen ihre Eltern, ihre Lehrer und die eigene Gesellschaft so sehr hassen können, dass sie einen neuen Krieg provozierten, wo doch die Ruinen des vergangenen Krieges noch sichtbar waren. Denn ich mochte die Gesellschaft, in der ich lebte, ich mochte sie sogar so sehr, dass ich ein Teil von ihr werden wollte. Ich hatte eine gute Vergangenheit in diesem Land. Meine Vergangenheit war unblutig. Mein Problem mit meinen Eltern war nicht, dass sie zu der Tätergeneration des Holocaust gehörten, mein Problem war, dass sie *nirgendwo* hingehörten. Ich liebte meine Eltern aufrichtig, weil sie grundanständige Menschen waren, aber ich rannte von ihnen weg, weil sie meine Gegenwart verdrängten und für unsere Zukunft keine plausible Orientierung fanden.

So war ich hauptsächlich damit beschäftigt, in der Diaspora der ständig wechselnden WGs irgendwie zu überleben, und fühlte mich jahrelang schuldig und wie amputiert. Vielleicht erinnere ich mich deshalb nur an ein paar wenige Ausschnitte dieser Jahre und wie ich selbst darin herumirrte. Wie zum Beispiel, dass ich damals sehr oft wütend wurde, wenn mich jemand lobte: »Du sprichst aber toll Deutsch – für eine Ausländerin!«

Damals gab es nur zwei Fernsehprogramme, viele skandinavische Schlagersängerinnen und einen eingewanderten Kubaner, für den meine Mutter jedesmal ganz begeistert den Rhythmus klatschte, wenn er in der ZDF-Hitparade zwischen den Zuschauern herumturnte und sang: »Heute so

– morgen so – einmal lustig einmal froh – denn die Liebe kommt und geht so schnell vorbei!«

Damals brauchten Frauen noch die Erlaubnis ihres Ehemannes, um arbeiten zu können, und die Läden machten drei Stunden Mittagspause. Damals wurden die Spaghetti mit Anleitung des italienischen Kellners gegessen, und niemand stand rauchend vor der Tür. Damals ging man »gut essen« in den »Wienerwald«, und gegrillte Hähnchen am Spieß waren Delikatessen. Es gab Mini-, Midi-, Maxiröcke und Plateaustiefel aus Lackleder. Aber ich erinnere mich ganz genau, dass es noch keine asiatischen Glückskekse in Zelophan gab und dass damals niemand in seinen kühnsten Träumen daran gedacht hätte, jemals in Berlin-Mitte shoppen gehen zu können.

Ich war überrascht über meine neue Bekanntschaft. Die ehemalige DDR-Bürgerin schien bereits nach achtzehn Jahren Wiedervereinigung mit größter Sicherheit in ihrem neuen gesamtdeutschen Leben zu ruhen, mit einer Bilderbuchfamilie und einem lichtdurchfluteten Designer-Eigenheim. Obwohl mein westdeutsches Leben länger war als ihr gesamtdeutsches, kenne ich bis heute dieses »Ruhen« nicht. Dennoch entdeckte die junge Frau offenbar etwas in mir, was uns beiden gemeinsam zu sein schien. Sie gab mir den Glückskeks und sagte: »Am Rand zu stehen kann doch auch eine Chance sein – oder?«

»Ja und nein«, antwortete ich. »Nicht immer und ganz sicher auch nicht für alle.«

Aber in meinem Fall hatte sie recht. Die Randperspektive war für mich immer auch eine Chance gewesen, anders in das Leben hineinzuschauen. Rückblickend. So gesehen hat auch der Keks recht. Ja, ich hatte Glück! Das weiß ich heute. Ich hatte wirklich Glück. Sehr oft sogar.

Ich hatte das Glück, dass mein Vater vor der türkischen Staatskrise 1961 geflohen ist, weil er in der Hauptstadt Ankara, die durch die einsetzende Landflucht ins Chaos geraten war, seine Familie nicht mehr satt kriegen konnte. Ich hatte das Glück, nie hungern zu müssen. Ich war ein gesundes siebenjähriges türkisches Kind, als meine müde, erschöpfte Mutter 1962 mit mir und meiner jüngeren Schwester nach drei Tagen anstrengender Reise unversehrt aus dem verdreckten Zug stieg, auf den unfassbar sauber gefegten, grauen Bahnsteig in Hannover, an einem windigen Septembertag.

Ich erinnere mich noch seltsam genau an diesen ersten Moment in meiner neuen Welt. Der größte

Unterschied zu meiner alten Welt war, dass hier *alles*, wirklich alles, der Bahnhof, die Straßen und sogar die Rasenflächen, so sauber gefegt wurde wie nur der Innenhof von Omas Haus und die Treppen vor unserer Wohnung in Ankara. Faszinierend!

Aber so schön es auf der Erde zu sein schien, so sehr dämpfte der graue Himmel mein Staunen. Mir war, als gäbe es hier weniger Farben. Oder als wären die Farben hier anders. Wie die Sprache. Vielleicht wechselten ja mit den Sprachen auch die Farben?, dachte ich. Wie das Essen und die Gewürze?

Ich vermisste das Blau. Ich meinte ein ganz bestimmtes Blau, ein Kornblumenblau, das sich in der Mittagshitze über die Haselnussplantage und die Maisfelder spannte wie Wasser. So durchsichtig, als könne man es trinken. Und obwohl ich nie zuvor das Meer gesehen hatte, war mir, als wäre ich vom sonnigen Strand in eine Grotte gezogen, mir fehlte überall Licht, dieses gelbe Licht, das wie Gold in der Luft blinkt und die schäbigste Hütte in einen Palast verwandelt. Obwohl es hier nahezu an jeder Ecke elektrischen Strom gab, war mir, als wäre es hier dunkler als bei Oma mit ihren Petroleumlampen.

Aber zum Trost gab es hier mehr Grün. Sogar

richtig schönes Grün. Und mir schien, als wäre dieses Grün sogar lebendig. Denn ich beobachtete, dass sich der wie eine Frisur gekämmte Rasen unseres Vermieters über den Tag hinweg verwandelte. Je nach Tageslicht sah er entweder lockig und blond aus oder wie ein dunkler, strenger Zopf. Überall gab es Bäume, Blumen und Rasenflächen. Auf Verkehrsinseln und an Bushaltestellen, an den Balkonen und vor Kaufhäusern.

Und allmählich gewöhnte ich mich so sehr an das hiesige, mattere graublaue Licht, dass ich bei meiner ersten Rückreise nach fünf Jahren eine Bindehautentzündung bekam und mich vor der grellen anatolischen Sonne verstecken musste. Offensichtlich war selbst das graue, abendländische Licht ein Glück für mich.

Und ich hatte noch mehr Glück: 1970 wurden wir dank der Stellung meines Vaters die allerersten Mieter einer gerade fertig gestellten, städtischen Neubausiedlung, die zunächst aus zwei gelben Häuserreihen bestand, die ein großes L bildeten. An der kurzen Seite mit drei Eingängen à sechs Wohnungen mit zwei und drei Zimmern. Die längere Seite bestand zwar ebenfalls aus sechs Wohnparteien, aber mit Vierzimmerwohnungen, gedacht für kinderreiche Familien.

Wir bezogen die Wohnung an der Schnittstelle der zwei Wohnblöcke, unten rechts – eine Dreizimmerwohnung mit Balkon! Und endlich auch mit Toilette in der Wohnung! Wie bei meiner Freundin Evelyn, deren Vater kein Angestellter war, sondern Besitzer eines Hähnchengrills.

Es machte mich mächtig stolz, einen Vater zu haben, der ein *städtischer Angestellter* war. Nicht dass er die Statik der Hannoverschen U-Bahn berechnete, dass er ein brillanter Schachspieler war und Philosoph, sondern ein *Angestellter*. Ich mochte das Wort, obwohl es mich gleichzeitig an »Warteschlange« und »hinten anstellen« erinnerte. Trotzdem klang eine Art Privileg mit, wir wurden ja zu etwas *dazugestellt*, was unsere Familie zu Mitgliedern einer gleichartigen, vielleicht sogar zu einer gleichgesinnten Gemeinde werden ließ, einer *deutschen* Gemeinde aus Angestellten.

Die neugebaute Siedlung lag am äußersten Rand der Stadt bei den Kasernen, mit einer Straßenbahnhaltestelle direkt vor der Haustür und einem neuen Supermarkt um die Ecke, auf der Hauptstraße. Damals wurden diese Wohnungen der Zentralen Versorgungskasse ausschließlich den städtischen Angestellten zuerkannt. Wie dem Müllfahrer in der uns angrenzenden Eckwohnung mit vier Zimmern und dem Programmierer gegenüber in der Zweizimmerwohnung, der alleinstehenden Lehrerin im Nachbarhaus zur Linken und dem Hausmeister am Ende des langen Blocks mit drei Kindern. Alle zogen wir in nagelneue Wohnungen ein. Es war ein schönes Gefühl, etwas gleich zu haben mit den anderen. Ich habe dort sehr gern gelebt.

Natürlich wusste ich damals nicht, dass zwischen den Angestellten Welten liegen können. Kinder orientieren sich am Konkreten, sagt Dewey, an Erfahrungen und an Handlungen, daran, *wie* zum Beispiel jemand den Raum betritt oder *welche Worte* er am liebsten benutzt. Ich habe zwar ein paar Unterschiede sehr bewusst wahrgenommen, wessen Schulbrot zum Beispiel immer mit glattem, neuem Papier verpackt war, während ich meins öfter benutzen musste, und auch welche Mitschülerin immer eine glatte, gecremte Haut hatte. Aber ich wusste nicht, was ein sozialer Unterschied ist. Jedoch haben Kinder ein sehr feines Gespür für Not.

So merkte ich bald, dass zum Beispiel mit der ältesten Tochter des Müllfahrers irgendetwas nicht stimmte, sie machte mir sogar Angst mit ihrer Sprunghaftigkeit. Aber ich sah auch, dass sie allein war mit ihren drei kleinen Geschwistern, den ganzen Tag. Die Mutter arbeitete zwar nicht wie meine

Mutter, aber sie war immer müde. Eine kleine, sehr dünne Kettenraucherin, die literweise alles Alkoholische in sich hineinschüttete. Die Kassiererinnen vom Supermarkt nannten sie »die Underbergtante«.

Meine Mutter verbot mir eigentlich den Umgang mit dem Mädchen, weil sie älter war und schon rauchte, weil sie mit täglich wechselnden Jungs ausging, sich wie ein Hippie kleidete und die Haare färbte. Aber ich war fasziniert von ihrem anarchischen Treiben, auch wenn mich ihr zeitweises »Weggetretensein« mehr und mehr abstieß. Später trank sie fast so viel wie ihre Mutter und blieb immer häufiger weg. Ich erfuhr von zwei Selbstmordversuchen, Drogen und Prostitution. Und begriff immer noch nicht, dass ihre Verzweiflung einen unerträglichen Grund hatte, den sie mir selbst erst zwanzig Jahre später nach einer Lesung gestand: Sie war jahrelang mit Wissen ihrer Mutter von ihrem Stiefvater missbraucht worden. »Aber ich lebe noch!«, sagte sie fast heiter. »Und ich bin clean! Mich haut nix mehr um. Meine Mutter und mein Bruder sind tot, und seitdem der Arsch auch tot ist, fühle ich mich endlich frei!«

In den ersten Wochen trafen sich die neuen Bewohner noch regelmäßig auf dem ebenfalls ganz neu angelegten Spielplatz mit Sandkasten, Klettergerüst und bunten Holzschaukeln, spielten mit den Kindern oder unterhielten sich. Man grüßte sich und war sehr freundlich.

Meine Mutter beklagte zwar, dass kaum Tageslicht durch das Küchenfenster gelangte, aber sie genoss es in vollen Zügen, etwas Ungebrauchtes zu bewohnen. Und schmückte umso intensiver den Balkon zur Sonnenseite. Unsere Blumenkästen strotzten mit den rotesten Geranien der gesamten Anlage!

Wie gesagt, ich hatte Glück und sollte es sogar ein weiteres Mal erleben: Drei Jahre später, ich wechselte gerade in die Oberstufe, war auch die vordere Häuserzeile fertig gebaut, parallel zur Hauptstraße und den Straßenbahnschienen, nur von einem Fahrradweg getrennt. Und mein Vater erhielt eine einhundertzehn Quadratmeter große Wohnung in dem einzigen sechsstöckigen Gebäude zugewiesen, lichtdurchflutet, mit Esszimmer, zwei Toiletten, zwei Balkonen und einem Fahrstuhl.

Meine Mutter war überglücklich: Endlich gab es ein Extrazimmer für den großen Esstisch, den wir sonntags sogar ausziehen mussten, um all das Essen aufzutragen, das meine Mutter schon direkt nach dem Frühstück zuzubereiten begann: selbstgemachter Käse und Spinatbörek, mit Reis und Hack gefüllte Weinblätter, Auberginen und Paprikaschoten, ihr unvergleichliches, tscherkessisches Walnusshuhn und den allen Nachbarn bekannten deutschen Nusskuchen.

Sie liebte es, in ihrer neuen Küche zu sein, endlich hatte sie volles Tageslicht und einen riesigen Balkon dazu. Und vom Wohnzimmer aus noch einen nach hinten raus. Zwei Balkone! Unser Glück war groß. Zwei große Balkone, fast ein Garten. Einen »Kräutergarten« zur Straße hinaus, und eine »Liegewiese« mit Blick auf den noch unbebauten Acker, herrlich, fast wie in einem Landhaus. Sie kochte türkischen Tee und blieb ausnahmsweise mal bis zum Sonnenuntergang auf der neuen Liege sitzen und streckte die Beine aus, ohne irgendetwas zu tun. Ohne ihre silberne Häkelnadel, ohne ihre Gebetskette, ohne ihren islamischen Kalender, in dem sie sonst stundenlang nach Sinnsprüchen blätterte.

Wir gewöhnten uns bald an den größeren Straßenlärm durch die neue Lage und auch an die neuen Nachbarn: ein türkischer Architekt, natürlich auch ein *städtischer Angestellter*, mit seiner deutschen Frau und ihren drei Töchtern.

Wir blieben nicht lange die einzigen »Ausländer«. Nach und nach füllte sich die Siedlung mit allen möglichen städtischen Angestellten aus dem Orient, die in den großen Wohnungen viel Platz fanden für ihre großen Familien, viel Licht und sehr gute Verkehrsverbindungen. Sie sehen, ich hatte wirklich Glück.

Damals wusste ich nicht, dass es noch einen *aller*letzten Stadtrand gab, hinter der Endhaltestelle unserer Straßenbahn, in der Nähe der Autobahnauffahrt, neben der Schnellstraße. Auch nicht, dass vier Wände und ein Dach über dem Kopf kein Beweis sind für Glück.

Aber *wo* die vier Wände mit dem Dach stehen, ist ein Beweis dafür, dass es innerhalb einer Gesellschaft parallel existierende Kulturen gibt und schon immer gegeben hat. Und so gibt es eben auch die Kulturen der allerletzten Ränder, eingeborene und eingewanderte.

»Integration« war damals, Mitte der siebziger Jahre, noch kein wirkliches Thema. Ich selbst spürte weder eine soziale Ungleichheit im Verhältnis zu meiner Umgebung, noch erlebte ich eine Ausgrenzung in der Gemeinde der *städtischen Angestellten*. Auch der gesellschaftliche Diskurs konzentrierte sich eher auf einen pragmatischen Umgang mit den »Gastarbeitern«. Selbst das Wort »Gastarbeiter« konnte ich nachvollziehen, weil ich sah, dass die Politik nur das umsetzte, was die Wirtschaft verlangte, nämlich Leiharbeiter in großem Maße einzukaufen. Die Bundesregierung bezahlte pro Gastarbeiter 740 Mark an den türkischen Staat, und die Menschen kamen, um Geld zu verdienen. Das hatte zwar nichts mit einem Gästestatus zu tun, aber okay, sie blieben ja nur vorübergehend. Und so wurden sie direkt in den jeweiligen Arbeitsbereichen angelernt, in firmeneigenen Wohnheimen untergebracht und nach Ablauf der zweijährigen Verträge wieder zurückgeschickt. So schien es. Denn so sah es das Rotationsprinzip vor, dem die Arbeiter zugestimmt hatten. Auch okay. Ich sah noch keinen Dissens zwischen Absicht, Haltung und Praxis.

Erst nach und nach, gegen Ende der siebziger Jahre, als amnesty international und andere Menschenrechtsorganisationen ein »menschenwürdiges Leben für die Ausländer« einklagten, Flugblätter verteilten, auf denen Männer mit Schnurrbärten wie Sardinen in Dosen lagen, erst da entdeckte auch ich die Doppelzüngigkeit von Politik und Wirtschaft: Das Rotationsprinzip wurde von Anfang an aus Kostengründen gar nicht praktiziert. Das heißt die Menschen blieben über viele Jahre hinweg, mit Wissen der Politik, kaserniert und ausgegrenzt, rechtlos, ohne soziales oder familiäres Leben.

Diese Enthüllung forderte prompt politische Konsequenzen in Form eines »Zuzugsgesetzes« für Familienangehörige und eines akuten »Integrationsplanes«, quasi als Schluckimpfung gegen die sichtbar gewordene Ungleichheit. Wohnungen mussten her für die Familien! Bezahlbare Wohnungen.

Auch die bis dato stummen Intellektuellen äußerten sich nun vereinzelt zu diesem Menschenrechtsskandal. Der bekannteste Satz aus der Zeit stammt von dem Schweizer Schriftsteller Max Frisch: »Wir haben Arbeiter gerufen, aber es kamen Menschen.« Und die Menschen kamen, um zu arbeiten, jedoch hat Arbeit nichts mit Glück zu tun.

Glücklicherweise bestanden meine Eltern nicht nur auf Bildung, sondern zwangen mich sogar regelrecht zu lernen. Mehr brauchte ich nicht zu tun. Mehr durfte ich auch nicht tun. Ich sollte nur lernen. Dass das tatsächlich ein Glück für mich sein sollte, habe ich allerdings erst sehr viel später eingesehen. Hierin zeigt sich die große universelle Dimension des Saganschen Spruchs im Glückskeks. Denn dass dieser Zwang zu lernen sich je zu etwas Positivem für mich wenden könnte, zu etwas Beschützendem und Stärkendem gar, habe ich damals nicht im Entferntesten geahnt. Ich fühlte mich eher hohl, wie ein Leerzeichen, zwischen meinem Vater, dem »Chinesen von Königsberg« und dem »Frankfurter Buddha«, zwischen all den Büchern, die sich in unserem Wohnzimmer bis an die Decke stapelten. Aber ich lebte auch gut mit alldem.

So war mir der »Kategorische Imperativ« schon sehr früh vertraut, wie den Konfirmanden aus meiner Klasse das »Vaterunser«: »Handle so, dass die Maxime deines Willens jederzeit zugleich als Prinzip einer allgemeinen Gesetzgebung gelten könne.« Ich habe diese Zeilen genauso wenig verstanden wie die anderen Kinder ihr Gebet. Aber ich habe sehr wohl die große Bedeutung gespürt, die sie für meinen Vater hatten. Für ihn waren sie Ausdruck eines vollendeten Geistes. Er nannte den Verfasser stets mit vollem Namen, Immanuel Kant, der größte deutsche Denker, als wäre er ein Vorgesetzter.

Auch Arthur Schopenhauer wurde mir schon früh ein Begriff, denn alles, was mein Vater von ihm zitierte, war genauso melancholisch wie er selbst. Ich erinnere mich an den Satz, der im Zusammenhang mit der »Welt als Wille und Vorstellung« fiel und mich bis heute genauso irritiert wie damals: »Der Mensch kennt keine Sonne, sondern nur ein Auge, das die Sonne sieht.« Die Welt sei eine Vorstellung, eine Anschauung des Anschauenden. »Die einzige Wahrheit ist das Nichts.« Dabei hatte ich die seltsame Vision von einem Satelliten, der aussieht wie mein Auge und um mein Hirn rotiert, aber mir nur das zeigt, was er sich aussucht. Als wäre ich ferngesteuert. Mir schien der Gedanke absurd. Woher weiß mein Auge, was ich sehe, wenn ich meinem Auge nicht sage: Da ist die Sonne, und ich will sie sehen. Aber ich widersprach meinem Vater nicht und hörte ihm zu wie eine Puppe.

Ich weiß zwar nicht, ob er Schopenhauers Begeisterung für Buddha und die altindische Mythologie teilte, aber ich weiß, dass beide Männer die Liebe zur klassischen Musik und Rossini verband. Und beide lebten, freiwillig und gern, fast autistisch zurückgezogen, in ihren Kopfwelten. Der Philosoph nur in Gesellschaft seines Pudels namens Mensch. Mein Vater dagegen war umgeben von drei echten Menschen, die er mitunter wie Pudel zu dressieren versuchte.

Bei meiner Mutter stieß dies auf größten Widerstand. Ihr Lebensideal war dem meines Vaters diametral entgegengesetzt; sie wünschte sich mit Leib und Seele ein praktisches Leben. Mit »Denkereien«, die zu nichts führten als zu neuem Denken, das in ein neues Nichts führt, wollte sie nichts zu tun haben.

Sie war eine hochtalentierte Handwerkerin in fast allen Lebenslagen, und ihre Hände waren im Dauereinsatz. Ich kann mich nicht erinnern, dass sich die Hände meiner Mutter jemals zusammen mit dem Rest des Körpers ausgeruht hätten. Selbst wenn sie die Beine hochlegte, waren ihre Hände beschäftigt. Ausruhen bedeutete für sie, nichts zu tun – und das konnte sie mit ihrer anerzogenen Maxime, dass Nichtstun Faulheit sei und Faulheit von Allah als Sünde bestraft wird, nicht vereinbaren.

Also saß sie nie untätig herum, sondern bremste sich höchstens etwas ab mit einem Glas schwarzem Tee und häkelte, ihre silberne, dünne Häkelnadel in der rechten Hand und das kaum sichtbare weiße Garn um den linken Zeigefinger gewickelt, stundenlang an hauchdünnen Spitzendecken in allen erdenklichen Größen und Mustern. Meine Schwester und ich saßen meist an ihrer Seite und füllten regelmäßig die goldberandeten, kleinen Gläser mit heißem Tee auf. Wir Mädchen tranken den starken, schwarzen Tee gern süß, mit drei Stück Zucker, meine Mutter eher bitter, mit nur einem Stück Zucker, »wegen der Figur«.

Wenn ich heute auf unser Familienleben an den Wochenenden zurückblicke, zwischen den unzähligen Uhren und den Schachbrettern, zwischen deutscher Klassik, den Fotoalben und dem Koran in arabischer Schrift, sehe ich das Bild von der Medaille mit den zwei verschiedenen Seiten, die sich ergänzen. Doch damals war ich mit den konkurrierenden Lebensentwürfen meiner Eltern permanent überfordert.

Je theoretischer mein Vater mit seinen heranwachsenden Mädchen wurde, desto intensiver beharrte meine Mutter auf den *praktischen* Dingen des Lebens, die besonders während der Pubertät aus dem Blickfeld zu geraten drohten: Anstand, Ordnung, Glauben, Sauberkeit und Fleiß. Und beide verfolgten ihre Ziele mit der gebührenden elterlichen Strenge und Verbissenheit.

Ähnlich wie in den Familien meiner deutschen Mitschülerinnen. Nur dass meine Schwester und ich nie zu widersprechen gewagt hätten. Ganz im

Gegenteil, wir waren schockiert, mit welcher Verachtung einige über ihre Eltern sprachen. Während wir peinlichst genau all den Anforderungen zu genügen suchten. Wir fühlten uns bis ins Mark verpflichtet dazu. Schließlich waren sie unseretwegen hierhergekommen und hatten ihr eigenes Leben wie ein altes Auto irgendwo abgestellt.

Für pubertäre Opposition war da kein Platz, jedenfalls nicht bis zur Volljährigkeit. Wir hatten keine Pubertät zu haben. Wir akzeptierten still die Pläne unserer Eltern. Keine von uns entwickelte einen Gegenplan oder versuchte einen Ausbruch – wie es ja eigentlich zu jeder pubertären Entwicklungsphase gehört. Wir waren relativ ordentlich und aufgeräumt, schwärmten unauffällig für die Beatles, meine Schwester für Paul und Ringo und ich für John und George. Wir trafen uns weder heimlich mit Jungs, noch kauften wir inkognito die »Bravo«, wie unsere Mitschülerinnen. Was hätten wir Dr. Sommer denn auch schon fragen sollen? Sexualität war uns nicht nur ein Fremdwort, sondern ein Unwort. »Über so was sprechen Kinder nicht«, hatte meine Mutter gesagt. Und die lebensgroßen Starschnitte hätten wir uns sowieso nicht an die Wände hängen dürfen. Diese »zotteligen Jungs und halbnackten Mädchen« waren verboten. Ich weiß nicht, ob ich dem zustimmte, oder ob es mir einfach selbst nicht gefiel, aber ich habe die anderen Mädchen nie darum beneidet, dass sie zwischen Winnetou und Uschi Glas oder unter Manuela und Chris Roberts einschlafen durften. Ich würde Alpträume kriegen, dachte ich. Und weil unsere Eltern ein wirklich zutiefst geradliniges Leben lebten, waren sie uns auch glaubwürdige Vorbilder. Wir zweifelten nicht an unserer Situation.

Deshalb war es für uns Kinder kein Problem abzuwarten und innerlich auf gepackten Koffern zu sitzen. Das heißt nicht, dass wir gern die Kinder unserer Eltern waren. Ich hätte viel lieber redende und heitere Eltern gehabt. Mein Vater und meine Mutter haben so selten zusammen gelacht, dass ich diese wenigen Momente als pures Glück in Erinnerung habe. Es waren auch die einzigen Male, in denen wir alle Vier gemeinsam etwas Außergewöhnliches erlebten, was genauso schön war wie Urlaub. Nur dass unsere Urlaubsglücksmomente nicht wie bei den anderen am Strand oder in den Bergen stattfanden, sondern bei uns daheim im Wohnzimmer und in der Nacht, im Schlafanzug, mit schlaftrunkenen Augen. Aber es waren die allergrößten Weltereignisse der damaligen Zeit, und wir waren life dabei: Einmal stand der größte Boxer aller Zeiten, Muhammad Ali, im Ring, und das andere Mal landete ein bemanntes Raumschiff auf dem Mond. Angeblich.

Meine Mutter war damals wahrscheinlich weltweit eine der ganz wenigen, die dieses Spektakel mit äußerster Skepsis beäugte (zu Recht, wie sich ja später herausgestellt hat), ganz im Gegensatz zu meinem Vater, der immer wieder die Großartigkeit der technischen Möglichkeiten lobte und bestaunte. Meine Mutter aber saß mit überkreuzten Armen auf der vorderen Kante der Couch und glaubte keine einzige Sekunde lang dem Geschehen. Immer wieder schüttelte sie den Kopf und sah aus dem Fenster in den klaren Himmel zum gelben Mond und wieder zurück auf die Übertragung und witzelte mit größter Lust über dieses transkosmische Märchen der Nasa: »Das doff Mensch! Das nix Mond! Das Theater Mensch!« Und kommentierte so lange mit ihrem »das doff doff doff Mensch!« die aufgeblasenen Männchen, ihre Fußabdrücke und die Fahne, dass sich mein Vater auch irgendwann zurücklehnte und anfing zu lächeln. Meine Schwester und ich wickelten uns in die Decken und genossen trotz der Müdigkeit die entspannte Atmosphäre. Bald darauf holte meine

Mutter den Tee aus der Küche, und ich erinnere mich, dass wir danach eigentlich nur noch lachten, bis in den Morgen hinein Tee tranken und unglaublich heiter waren. Vielleicht träumte ich damals deshalb ständig von einem Ehemann, mit dem ich nur lachen wollte, und mit meinen Kindern wollte ich immerzu reden, von morgens bis abends, wollte sie fragen, wie es ihnen geht, und sie nicht allein lassen mit ihren Ängsten. Natürlich ahnte ich als Fünfzehnjährige nicht, dass auch dieses Modell nicht unproblematisch ist.

Aber zunächst musste ich mit den Eltern, die ich hatte, meine wortkarge Gegenwart überbrücken. Unsere Eltern vertrauten auf unsere natürliche Intelligenz und dass wir das ganze schon irgendwie hinkriegten: das Warten, die Schule und den unausgesprochenen Rest. Hilfestellungen oder Orientierungsangebote gab es weder von zuhause noch von außerhalb.

Also wartete ich, sah stundenlang aus dem Küchenfenster und fühlte mich wie ein Kranführer über der Kreuzung unter mir. Es war die einzige Möglichkeit, irgendetwas mit Abstand zu betrachten. Ich hatte vom dritten Stock aus eine klare Übersicht auf eine große Kreuzung in T-Form, inklusive Ampeln, Fußgängerweg und Schienen.

Aber ich sah nicht, wohin die Straßen führten, als lebte ich in einer Sackgasse. Unaufhörlich fuhren Autos vorbei, in der Senkrechten auf mich zu und von mir weg, in der Waagerechten von rechts nach links und umgekehrt. In derselben Achse kreuzte auch die Straßenbahn Nummer sieben meinen Blick, mit dem Unterschied, dass sie an der gegenüberliegenden Haltestellte regelmäßig stoppte. Wochentags hielt sie alle vierzehn Minuten, an Sonn- und Feiertagen nur alle dreißig Minuten.

Ich sah stundenlang auf das diffuse Treiben, ohne irgendeine Absicht, fühlte mich wie eine Topfblume und dachte immer wieder denselben Satz: Wenn dich keiner braucht, dann gibt es dich auch nicht. Stellte mir immer wieder dieselben Fragen, doch nicht so, als wollte ich eine wirkliche Antwort. Sie streiften eher an meinem äußersten Rand herum, wie Wind an den Blättern.

Was sollte ich werden? Mit welcher Arbeit könnte ich mir wohl auch ein Auto leisten? Würde ich in die Türkei zurückkehren müssen? Aber Topfblumen wissen nichts. Also ging ich weiter zur Schule und lernte und passte danach auf meine knapp zwei Jahre jüngere Schwester auf.

Auch wenn Freuds Resümee, dass im Plan der Schöpfung keine glücklichen Menschen vorgesehen sind, auf das ganze Leben hin gesehen sicher stimmt, so gibt es trotzdem Momente einer glücklichen Fügung, deren Bedeutung noch lange über den Augenblick hinausreicht.

Für mich begann diese glückliche Fügung, als mir ein unbekanntes rothaariges Mädchen mit ausladenden Gesten von einer *Schauspielschule* erzählte. Ich glaubte ihr zwar kein Wort, fragte aber mit größter Penetranz nach allen Einzelheiten: Wo ist das? Was muss man machen? Mit wem? Wie lange dauert das Ganze? Und was kostet es? Bis zu diesem Zeitpunkt wusste ich nur, dass es Lehrer gibt, Straßenbahnfahrer, Fabrikarbeiter, Blumenverkäufer, Ärzte, Wissenschaftler, Hausmeister und Schneiderinnen wie meine Mutter, auch Ingenieure wie meinen Vater. Aber dass es Berufe gab, in denen man Texte in Menschen verwandeln konnte, wusste ich nicht. Und dass man das studieren musste, erst recht nicht.

So schlich ich die ersten Wochen nach meiner Aufnahme in die Schauspielschule wie Alice im Wunderland durch die supermodernen Räume der neu gebauten Hochschule für Musik und Theater. Ich war sprachlos vor Staunen, ähnlich wie ich als Kind über den blitzblanken Bahnsteig gestaunt hatte, völlig überrumpelt von einer neuen Welt.

Grauer, unverputzter Beton an den Wänden, roter Bodenbelag und magentafarbene Türen, abgetrennte Kommunikationsecken, eine riesige Bühne mit Orchesterraum, Studios, Übungszellen, Ballettsäle. So etwas hatte ich noch nie zuvor gesehen. Auch schienen die Menschen andere zu sein als die, die ich bislang kannte. Hier wirkten alle irgendwie freier, die Studenten und die Lehrer. Jeder war anders und durfte es auch sein. Die Musikstudenten bewegten sich etwas konzentrierter und stiller durch die Gänge als die Tänzerinnen, und die wiederum saßen zurückhaltender an ihrem Stammplatz in der Mensa als die Studenten der dramatischen Klassen, aber alle lebten sie in einer mir völlig unbekannten kindlich heiteren Ungezwungenheit. Da war so viel Freiheit in der Luft, dass sie mich fast erdrückte. Ich war zutiefst verunsichert, ob ich dem je gewachsen sein würde, und ging anfangs nur sehr zögernd in den Unterricht.

Aber je öfter ich in diesen kreativen Kosmos eintauchte, desto stärker spürte ich, dass es so etwas wie einen Ausdruck auch in mir geben musste, dass ich mehr sein könnte als eine Topfblume. Mir war, als wäre in dem futuristischen Neubau irgendwo ein Wunsch für mich versteckt, den ich nur entdecken musste. Und so ging ich trotzig wie eine Gläubige täglich zu meiner »Offenbarung«, die sich natürlich nicht zeigte. Es gibt kein Losungswort, das existenzielle Fragen entschlüsselt, und auch keine Absolution, die die Sinnsuche vereinfacht. Im Gegenteil. Die neue Freiheit tat mir weh, und ich irrte jahrelang ziemlich kopflos auf allen erdenklichen Umwegen herum. Aber eine kleine, einfache technische Übung im ersten Semester wurde mir so etwas wie ein Wegweiser ins Richtige.

Das »Zug-um-Zug-Spiel« war eine relativ banale Improvisationstechnik, eine Art Blind Date mit dem Augenblick. Klingt fast ein bisschen esoterisch, war es aber nicht im geringsten. Zwei Menschen stellen sich einander gegenüber und versuchen sich zu verstehen und zu behaupten. Aber nicht wie beim Schach, um den anderen zu besiegen, sondern als Partner, um gemeinsam etwas Neues zu schaffen. Die Spielfläche war ein grauer Filzteppich, etwa fünf mal vier Meter. Beide konnten die gesamte Fläche nutzen. Wir sollten Schritt um Schritt, ohne zu sprechen, nur aus dem Blick heraus, den anderen verstehen lernen und auf ihn reagieren. Wir sollten nichts anderes tun, als uns ansehen und abwarten, was passiert.

»Und wenn nichts passiert?«, fragte ich als Allererstes fast panisch.

»Das gibt es nicht«, sagte der braungebrannte szenische Lehrer amüsiert. »Es passiert immer etwas. Du wirst es sehen.«

»Aber wenn ich es nicht sehe?«

»Du wirst es sehen«, wiederholte er heiter, die Konsonanten betonend. »Vertrau auf dein Gefühl und stell dich an den Teppich.«

Wie? Auf das *Gefühl* vertrauen? Zuhause hatte ich gelernt, nur dem Verstand zu trauen, denn »Vernunft fühlt nicht«, wie mein Vater seinen Immanuel Kant zitierte. Und meine Mutter sprach nie über Gefühle. »Das tun nur Leute ohne Scham«, sagte sie.

»Auf welches Gefühl?«, bohrte ich weiter nach.

»Vertrau auf dich selbst«, insistierte mein Lehrer mit einem breiten, weißen Lächeln, »und jetzt fang bitte an!«

Doch ich konnte nicht, ich ging zurück auf meinen Platz, völlig aufgelöst: Wie sollte ich denn wissen, wer oder was »mein Selbst« war?

Ein paar Tage lang beobachtete ich meine Mitschüler, um herauszufinden, ob die wussten, wer sie sind. Und ob so etwas überhaupt sichtbar ist. Aber ich sah nur einen einzigen signifikanten Unterschied zwischen uns: Die anderen waren nicht so misstrauisch wie ich. Sie konnten einer unbekannten Situation schneller vertrauen, ohne Umwege. Ich dagegen musste erst mal durch meine inneren Irrgärten durch. Schließlich stellte auch ich mich einem Mitschüler gegenüber, sah ihn an und wartete. Nach einer kurzen Phase mit Schnappatmung und Schweißausbruch spürte ich, wie eine klare, helle Ruhe durch meine Adern zog, als stünde ich in einer Kugel aus Licht. Mag sein, dass das für viele arg übertrieben klingt, aber mir schien dieser Augenblick tatsächlich rein, als stünde ich in einem puren Jetzt, frei von Argwohn und Bedrohung.

Ich stand also da, wie mir aufgetragen wurde, und sah meinen Partner an: Ein großer Mann aus Graz, vielleicht 1,95 Meter groß, dichtes, dunkles Haar bis knapp auf die Schultern, dunkle Augen, aus dem Ausschnitt des T-Shirts ringelten sich ein paar Brusthaare, dunkle Haut und ziemlich große Füße. Einiges an ihm, wie die vollen Lippen, mochte ich. Anderes wiederum nicht, die langen dürren Finger zum Beispiel.

Ich sah ihn an und wartete. Aber nicht wie auf der Fensterbank, um die Zeit zu überbrücken, oder wie an einer Bushaltestelle, um wegzufahren. Ich wartete, um zu bleiben. Und tatsächlich passierte dann dieses »Etwas«, das der Lehrer versprochen hatte. Mein Mitspieler bewegte sich einen Schritt auf mich zu, lächelnd, den Kopf etwas nach links gekippt, die Hände leicht vorgestreckt, als wolle er fragen: Alles okay? Und noch in derselben Sekunde antwortete ich mit einem knallenden Ausatmer, als wäre ein Ventil geplatzt. Ja! Ich war okay! *Es* war okay. Sich auf die Gefühle zu verlassen war okay. Die Situation war randvoll mit Richtigkeit, wie eine Lichtung im Wald.

Ich weiß nicht mehr, wie lange das Ganze gedauert hat, und was wir noch gemacht haben. Für mich war diese Improvisation wie ein Initiationsakt: Im Namen des Menschen, seiner Gefühle und seines Geistes. Amen. Bei Goethe heißt es: »Wer Wissenschaft und Kunst besitzt, hat auch Religion, wer jene beiden nicht besitzt, der habe Religion.«

Zum ersten Mal erlebte ich, dass es auch in mir ein emotionales Energiezentrum gibt, dass mein Weg sogar in dieser Energie beginnt und nicht in den Büchern, zwischen denen ich groß geworden war. Und als ich körperlich und geistig erlebte, dass ich meinen Gefühlen vertrauen kann, ohne mich aufzulösen, sondern erst dadurch anfing, mich zu spüren, erst da begann ich, an eine eigene

Kraft zu glauben. Das war aber mehr als nur ein neues Selbstbewusstsein, es war ein tiefer Glaube an die menschlichen Möglichkeiten überhaupt. Ich entdeckte, dass Worte ein empfindendes Pendant brauchen und umgekehrt. Ich glaube nicht, dass am Anfang das Wort war. Worte können zwar auch sichtbar machen, aber sie lenken ab, verschleiern, stigmatisieren und grenzen aus. Ich glaube, dass am Anfang allen menschlichen Handelns das Gefühl stand. Die innere Haltung, die in Worten erst ihren Ausdruck fand. Vielleicht fällt es mir deshalb bis heute so schwer, etwas zu tun, woran ich nicht glaube, wovon ich nicht wirklich überzeugt bin oder was ich nicht nachempfinden kann. Durch diese Improvisation erlebte ich erstmals so etwas wie eine pure Gegenwart ohne Horizonte oder kulturelle Unterschiede. Ich hatte meinen Planeten gefunden, auf dem auch ich endlich eine Eingeborene war.

Ich glaube bis heute an die Richtigkeit dieser im Verhältnis zu aller Theorie winzigen praktischen Übung. Etwas Gemeinsames, ein Theaterstück oder die Aufklärung, der Dialog der Kulturen oder auch die Einwanderung, entsteht nur aus dem doppelten Prinzip des Ichs und seines Gegenübers.

Ohne dieses Wechselspiel von Geben und Nehmen gibt es keine Gleichrangigkeit und keine Gerechtigkeit von Dauer.

Vielleicht habe ich damals die weitreichende Bedeutung der Improvisation auf dem grauen Filz intuitiv gespürt, begriffen habe ich sie ganz sicher nicht.

Wahrscheinlich hat der große Goethe auch hierin recht:

»Alles hat seine Zeit! Ein Spruch, dessen Bedeutung man bei längerem Leben immer mehr anerkennen lernt.«

Eben: Man weiß selten, was Glück ist, aber man weiß meistens, was Glück war. Ja, Ich habe eine Menge Glücke erleben dürfen, die über ihre Zeit hinaus reichten und mir Wegweiser und Haltegriffe wurden.

IV.
RESPEKT

> Die Verantwortlichkeit könnte sehr leicht zu Beherrschung und Unterjochung werden, hätte die Liebe nicht eine dritte Komponente: den RESPEKT. Respekt ist weder Angst noch Furcht; entsprechend der Wurzel des Wortes (respicere = ansehen) bedeutet Respekt die Fähigkeit, einen Menschen so zu sehen, wie er ist, und seine einmalige Individualität zu erkennen. Respekt bedeutet das Streben, dass der Andere wachsen und sich entfalten kann. Dem Respekt fehlt daher jede Tendenz der Ausbeutung ... Respekt gibt es nur auf der Grundlage der Freiheit.
>
> *Erich Fromm*, Die Kunst des Liebens

So wie man sich irgendwann ungläubig umsieht und es kaum fassen kann, wie weit der Anfang zurückliegt, so taucht auch irgendwann die überdrüssige Frage auf: Wie bitte? Immer noch? Die reden immer noch davon? Immer noch dieselben Halbwahrheiten? Hört denn das nie auf?

Vielleicht hat diese Irritation etwas mit dem Alter zu tun, vielleicht mit der hartnäckigen Monotonie des Immergleichen. Vielleicht auch mit beidem. Trotzdem braucht es eine Antwort, die aber gleichzeitig der Weg selbst ist, wie es im Zen des Bogenschießens heißt, denn Pfeil und Ziel bilden eine Einheit. Erst die Lösung des Problems macht die Fragen überflüssig.

Ja, es hört nicht auf. »Anders« zu sein ist weiterhin ein »Problem« in unserem Land. Immer noch wird die Verschiedenheit von Menschen mehrheitlich als Bedrohung empfunden und nicht als nötige Bereicherung des eigenen Lebens und Denkens akzeptiert.

Noch immer herrscht eine Art gesellschaftlicher Paralyse sowohl in der Entscheidung zwischen diesen beiden Gefühlspolen als auch im Umgang mit dem Unbekannten schlechthin. Die Bundeszentrale für politische Bildung berichtet von 135 Toten seit 1990 aus rassistischen Gründen, und der aktuelle Bericht des Verfassungsschutzes listet 980 Gewalttaten aus dem Bereich »politisch motivierter Kriminalität von rechts« allein für das Jahr 2007 auf. Überdies ist der Migrant ja tatsächlich eine real existierende Konkurrenz im Überlebenskampf auf dem ständig schrumpfenden Arbeitsmarkt. Und dass das immer mit »Problemen« – ja mit echten Konflikten – behaftet war und ist, haben Literaten wie Brecht und Nazim Hikmet, aber auch Soziologen wie Richard Sennett sowie die Nobelpreisträger und promovierten Ökonomen Amartya Sen und Mohammad Yunus beschrieben: »Erst kommt das Fressen, dann die Moral!« Denn ums Brot wird gebettelt – aber um dessen Erwerb und Verteilung wird gekämpft und getötet.

Ich verstehe sogar bis zu einem gewissen Grad die Verunsicherung durch das Unbekannte, das Misstrauen, das durch etwas Fremdes ausgelöst wird. Das Fremde macht erst einmal Angst, und wie komplex diese Angst ist – fächert die Psychoanalyse sehr präzise auf: Klaustrophobie, Agrophobie, Phobophobie, die Angst vor der Selbsthingabe, die Angst vor der Wandlung bis hin zur Islamophobie und Xenophobie. Man weiß zwar nicht genau, warum diese oder jene Ängste entstehen, aber man kann sehr detailliert erklären, wie sie funktionieren und wie sie bewältigt werden können. Nämlich ausschließlich durch Aufklärung und Gespräche, durch das Reden und Kennenlernen der Ängste, indem man sich ihnen gegenüberstellt, wie auf einer Improvisationsfläche, und sie Zug um Zug annimmt.

Neue Menschen bringen naturgemäß Neues mit, und das ist anders als das Bekannte: neues Essen, neue Gerüche, neue Worte, neue Lieder, neue Götter. Und mitunter ist das auch tatsächlich zu viel Unbekanntes auf einmal. Ohne Aufklärung wächst da innerhalb kürzester Zeit nicht nur Angst, sondern Misstrauen und Ablehnung. Also muss man schnellstens dafür sorgen, dass sich die Gruppen kennenlernen.

Es gibt zwar diverse Handbücher zum Umgang mit Migranten und Rassismus, wie zum Beispiel das hundert Seiten starke Handbuch des Instituts für Migrations- und Rassismusforschung in Hamburg, das haarklein erklärt und auflistet, wie man Diskriminierung erkennt, und sogar, wie man sich selbst testet, um die eigene Mauer im Kopf zu entdecken, anhand eines Fragenkatalogs nach jedem Kapitel.

Aber es beschreibt mit keiner einzigen Zeile jene Menschen, durch die diese abgrenzenden Gefühle offensichtlich erst geweckt wurden. Kein Wort über das *Leben* der Türken, Kurden, Araber oder Pakistani, nichts über Asiaten oder Afrikaner. Nichts über die verschiedenen islamischen Richtungen der Sunniten, Schiiten oder Aleviten, auch kein Wort über Juden, Kopten oder Naturreligionen.

Nur Tabellen und Einteilungen in Prozente: Von

den 82,4 Millionen Deutschen sind 15, 3 Millionen »Andere«, ist da im Schaubild zu lesen, und die »Anderen« teilen sich nochmals in zwei Teilbereiche auf: in 9 Prozent Ausländer und 10 Prozent Deutsche mit Migrationshintergrund.

Im nächsten Schaubild wird zur Präzisierung noch die *Migrationserfahrung* dieser 19 Prozent wie Tortenstücke aufgeteilt: Von den 15,3 Millionen »Anderen«, ist da zu lesen, sind:

- 36 Prozent Ausländer mit eigener Migrationserfahrung
- 18 Prozent Deutsche ohne eigene Migrationserfahrung, bei denen mindestens ein Elternteil Spätaussiedler, Eingebürgerter oder Ausländer ist
- 3 Prozent Eingebürgerte ohne Migrationshintergrund
- 20 Prozent Eingebürgerte mit eigener Migrationserfahrung
- 12 Prozent Spätaussiedler mit eigener Migrationserfahrung und
- 11 Prozent Ausländer ohne eigene Migrationserfahrung.

Zum Abschluss des Kapitels »Wer ist mit dem Begriff ›MigrantInnen‹ gemeint?« folgt der Rat an den staunenden Leser: »Überlegen Sie einen Moment: Wer von denen, die zu Ihnen in die Beratung kommen, gehört zu welcher Gruppe? Kann ein Deutscher Migrationshintergrund haben? Kann ein Deutscher Migrationserfahrung haben?«

Ich weiß nicht, wem diese Statistiken und diese Fragen helfen oder nützen. Ich bezweifle aber, dass sie irgendein *Interesse* für irgendeinen *Menschen* hinter diesen Zahlen wecken. Sicher bin ich mir nur in einem: dass durch solche Handbücher oder Workshops kaum jemand das Verbindende und die Verwandtschaft entdecken wird zwischen all den Tortenstücken im Schaubild, obwohl sie prozentual gesehen wesentlich größer sind als das Trennende der Volksgruppen.

Auch wenn wir Milliarden verschiedenster Menschen sind, ist unser Alltag überall ziemlich ähnlich: Wir alle lieben und lernen, kennen Glück und Trauer, wir sind gut und böse, kriegen Kinder und müssen reden, müssen arbeiten und geben, müssen essen, trinken und zur Schule gehen, Häuser und Straßen bauen, wir werden krank, schließen Freundschaften, trennen uns, wir heiraten und wir sterben. Das alles tut jeder Mensch, überall auf der Welt, nur wann und wo und wie unterscheidet uns.

Selbst die Grundbekenntnisse der drei monotheistischen Religionen sind sinnidentisch, das heißt sie sind identisch in der Hingabe an ihre oberste Instanz und in den Methoden ihrer Umsetzung, denn alle drei dienen dieser obersten Instanz durch vorgeschriebene Rituale.

Für mich gab es da nie einen Unterschied, weder inhaltlich noch formal. Zuhause öffnete meine Mutter die Hände gen Himmel, und im christlichen Religionsunterricht, den ich auf Wunsch meiner Eltern auch besuchen musste, falteten wir die Hände eben im Schoß zusammen. Daheim betete meine Mutter auf Arabisch und der Lehrer in der Schule auf Deutsch.

Erst sehr viel später konnte ich in einer Übersetzung nachlesen, was ich damals aber schon gespürt hatte: dass das Gebet meiner Mutter und das meines Lehrers nicht so verschieden sein konnte, denn der Ausdruck in ihren Gesichtern war sehr verwandt.

Der Lehrer fing an mit »Vater unser, der du bist im Himmel« und meine Mutter mit »Lob und Preis sei Allah, dem Herren aller Weltenbewohner«; der Lehrer endete mit »und führe uns nicht in Versuchung, sondern erlöse uns von dem Übel«, meine Mutter: »führe uns den rechten Weg, den Weg derer, welche sich deiner Gnade freuen – und nicht den Pfad jener, über die du zürnst oder die in die Irre gehen«. Und zum Schluss sagten beide »Amen«, das übersetzt »so sei es« bedeutet und aus der jüdischen Rechtsprechung übernommen wurde.

Als meine Tochter auf das Kölner Ursulinengymnasium wechselte, freute sich meine Mutter, die eine gläubige und praktizierende Muslima war, am meisten von uns allen: »Das ist gut!«, sagte sie. »Gott ist Gott, egal unter welchem Dach. Fürchten muss man sich nur vor den Ungläubigen. Sie kennen kein Gewissen.« Sie meinte damit kein *bestimmtes religiöses* Gewissen. Meine Mutter verstand den Glauben eher praktisch, als eine Form von Treue. Und Gott als eine Art Schutzpatron. Sie war überzeugt wie Erich Fromm, obwohl sie nie etwas von ihm gelesen hatte, dass, wenn alle Menschen einen Glauben hätten, sie sich auch verstehen würden. Dann wäre Respekt eine Selbstverständlichkeit. Das klingt fast zu schlicht und ist doch universell in einem. Aber das Verstehen allein wäre »blind«, schreibt Fromm in »Die Kunst des Liebens«, wenn es nicht vom *Wissen* begleitet wird. (Denn) »einen Menschen zu respektieren, ist nur möglich, wenn man ihn kennt, wenn man von ihm weiß«.

Nun sind die eingewanderten Menschen schon über ein halbes Jahrhundert in diesem Land, aber kaum jemand *kennt* sie wirklich, *weiß* von ihrer Herkunft, von ihren Kulturen. Weder die Medien noch die Politik, noch die Bildungseinrichtungen haben sich in den letzten fünfzig Jahren für das *Wissen* – für das *Kennen* – der neuen Nachbarn verantwortlich gefühlt. Sie alle haben sich wohl gedacht, das erledigt sich irgendwann oder irgendwie von selbst. Aber Nichts erledigt sich von selbst.

Seit Jahrzehnten wird das Kennenlernen immer nur als eine Art freiwillige Feuerwehr bei akuten Konflikten eingesetzt. Wie in den letzten Jahren immer häufiger nach den sogenannten Ehrenmorden. Da ist plötzlich Verstehen gefragt. Also her mit einer folkloristischen Party der Nachbarschaftshilfe oder rasch einen »Karneval der Kulturen«, als »Multikulti-Happening«. Oder auch gern eine Tagung zum »interkulturellen Dialog«. Dabei ist dieser Begriff des »interkulturellen Dialogs« sicherlich die größte Sprechblase im Handbuch der ausgrenzenden Wörter.

Gibt es ein interkulturelles Leben?, wurde schon vor über zehn Jahren mit besorgter Miene gefragt und bis in die frühen Morgenstunden hinein debattiert, wie man sich am besten mit den Neuankömmlingen verständigt. Mir war, als gäbe es für Migranten eine Sonderabteilung des Dialogs, eine Art kultureller Quarantäne. Ich hörte zu und dachte, würden wir wirklich *miteinander leben* wollen, in echter Achtung vor den Besonderheiten jedes Anderen, würden wir geradeheraus und selbstbewusst das altbewährte, klare *Gespräch* suchen.

Jedoch scheint mir heute, unzählige Jahre und »interkulturelle Dialoge« später, die allesamt in einer *Nicht*kultur endeten, als hätte sich das Bild der »kulturellen Quarantäne« nicht nur verfestigt, sondern sogar zu einer Art »kultureller Apartheid« verschärft.

Ich habe gedacht, irgendwann nach fünfundvierzig Jahren und Dutzenden von gescheiterten Integrationsgesetzen, -versuchen, -novellierungen, -plänen, -runden und -dialogen hätte die Politik alle denkbaren Variationen des Umgangs mit Migranten ausprobiert, bis wir im Frühjahr 2007 Zeugen einer noch absurderen Wort-Akrobatik wurden: In Berlin tagte der freudigst proklamierte, mit verschiedenen islamischen Verbänden geschmückte »1. Nationale Integrations*gipfel*«! Flankiert von einem Bündel recycleter, aufpolierter, alter »Integrationspläne«.

Schon wieder so ein halbherziger Lösungsversuch. Aber diesmal saßen die verschiedenen Parteien immerhin öffentlich und auf Bundesebene an einem gemeinsamen Tisch. Obwohl sich die Regierung nach wie vor weigert, ein Einwanderungsgesetz zu entwickeln, waren diesmal ein paar erkenntnisreiche Sätze zu hören: »Wir können es nicht mehr leugnen, dass wir ein Einwanderungsland geworden sind«, sagten unisono die Kanzlerin und der Innenminister. Heißt das, sie haben es bislang geleugnet? Und wenn ja, warum?

Oder: »Bei fünfzehn Millionen ausländischen Mitbürgern ist es nicht zu übersehen, dass wir ein Einwanderungsland geworden sind.« Waren sie denn vorher blind? Oder haben sie bislang nur falsch gezählt? Denn bis dato wurde immer nur mit einer Zahl zwischen sieben und acht Millionen »Ausländern« operiert. Wann und wie konnte sich die Zahl plötzlich so verändern? Oder anders gefragt, wenn sie denn stimmte, warum wurde es bisher verheimlicht?

Ungewohnt heiter erklärte die Kanzlerin in jedem Interview, dass es ihrer Regierung »erstmals gelungen« sei, eine »vernünftige, nationale« Basis für Integration und Zuwanderung zu schaffen. Das Besondere an ihrem »nationalen Anforderungsprofil« für die ausländischen Mitbürger sei, dass sie *vor* der Einreise Deutsch sprechen müssten. Sie verschwieg, dass nicht alle Einwanderer der Sprache mächtig zu sein haben. Dass es Abstufungen der Akzeptanz gibt gegenüber den Gästen im Land. Dass ein Amerikaner zum Beispiel kein einziges Wort Deutsch sprechen muss, aber ein Türke etwa dreihundertfünfzig!

Könnte ich malen, so würde ich die unzähligen Demütigungen der »Integrationspolitik« in Neonfarben auf Transparente sprühen, wie Breughel seine hundert Sprichworte als bunte Bildchen auf einer einzigen Leinwand festgehalten hat. Die Wirklichkeit ist so absurd, dass mir als zusammenfassende Chronik nur ein absurdes Gegenbild einfällt. Für jede Respektlosigkeit eine Figurine. Und da wäre diese neueste Politblase in der Bildmitte positioniert, dort, wo der Teufel grinsend unter dem Baldachin sitzt, analog dem Sprichwort: Was nützen schöne Teller, wenn nichts drauf ist.

Wie wichtig Sprache und Sprechen ist, weiß ich aus meiner eigenen Geschichte und habe schon 1983 ein Theaterprogramm dazu geschrieben. Es hieß: »WORTE – als humanste, schärfste und friedlichste Waffe«. Aber Worte sind eben auch eine Waffe, die stigmatisiert und geistige Ghettos produzieren kann.

Natürlich macht eine Sprache unsere Befindlichkeit sichtbar, weil sie hilft, uns auszudrücken und darzustellen. Aber Sprache braucht ein Gegenüber, das versteht oder verstehen will. Da frage ich mich, von welchem Interesse an den neuen »Mitbürgern« oder von welcher Beziehung geht dieses neue Anforderungsprofil aus? Und warum nur dreihundertfünfzig Worte? Das reicht nicht mal, um die Nachrichten zu verstehen.

Hier würde ich Breughels Motiv übernehmen, das er zentral vorn unten in die Bildmitte gesetzt hat: ein beschürzter Hüne schaufelt einen Brunnen zu, nachdem das Kalb ertrunken ist. Als Sprichwort heißt das: Es wird erst etwas unternommen, wenn es zu spät ist.

Seit Jahrzehnten versucht die Politik mit den verschiedensten Schwerpunkten und Auflagen – Zuzugsbeschränkung, bezahlten Rückwanderungen, Sprachkursen – irgendwie dieser »fremden« Menschen habhaft zu werden, ohne sie je wirklich erreicht zu haben, weil ein echtes Verstehenwollen der anderen Kultur bis heute fehlt.

»Die Geschichte der muslimischen Länder gehört in das Curriculum einer allgemeinen Geschichtswissenschaft, ihre Dichtung ist Teil der Weltliteraturgeschichte«, forderte Wolf Lepenies in seiner Rede zum Friedenspreis 2006 in der Frankfurter Paulskirche, und der syrische Sozialwissenschaftler und Begründer des jüdisch-islamischen Dialogs, Bassam Tibi, schreibt in der »Zeit«: »Ein aufrichtiger Dialog hat einige Mindestkriterien zur Voraussetzung: Beide Dialogpartner müssen sich vorurteilsfreies theologisches und historisches Wissen über den anderen aneignen.«

Es wurde aus bekannten Gründen nicht in die Bildung der ersten Generation investiert, die zum größten Teil kaum lesen und schreiben konnte. Also trat sie kaum in der kulturellen Öffentlichkeit auf und konnte in der Folge auch ihre Kinder nicht in das gesellschaftliche Leben hineinbegleiten. So blieben nicht nur die erwachsenen Migranten, sondern auch deren Kinder bildungsfern und unsichtbar.

Überprüft wurde immer nur der Grad der Anpassung, der Grund ihres Fehlens aber überhaupt nicht ernst genommen.

Parallel zu der immer unverständlicher werdenden Debatte richtete sich die Mehrheit der Hiergebliebenen in einem befristeten Leben ein, in einem *Vorübergehend* ohne jegliche Bindung und packte die inneren Koffer nie aus.

Währenddessen puzzelten sich fast unbemerkt

die nachwachsenden Generationen neue Identitäten zusammen, in Diskos und Koranschulen, auf Lehrstellen und Universitäten, zwischen mtv und türkischen Soaps, mit Tee, Döner, Schnitzel und Bier. In diesem Prozess gab es keine Vermittler oder Dolmetscher. Er passierte einfach. Dabei entfernten sich die Kinder von den Eltern teilweise bis zur völligen Entfremdung, fanden aber keinen Ersatz in der Gesellschaft. Dieser Prozess ist noch lange nicht abgeschlossen und hat zu sehr bizarren Konsequenzen geführt. Die auffälligsten sind auf der einen Seite die Absage an die Moderne mit Kopftuch und Koran, auf der anderen die Flucht aus dem Elternhaus *in* die Moderne, mit dem Wunsch nach Selbstverwirklichung und freier Sexualität. Und trotzdem stellt sich jedes Lager dieselbe Frage: Wer bin ich?

Aber das kann sich niemand allein beantworten. Denn diese Frage erwächst erst aus einem Mangel an Zugehörigkeit und aus gewachsenem Misstrauen. Und das hat historische Gründe: Menschen sind verbrannt wie Papier, wurden tot getreten und gejagt, nur weil sie anders aussehen.

Mein »Wer bin ich?« kann nur jemand beantworten, der mir sagt: »Bleib. Bleib bei mir. Sei mit uns.«

»Wenn ein Austausch auf der Straße weitergehen soll, muss er in moralischer Hinsicht symmetrisch sein«, schreibt der Soziologe Richard Sennett. Denn das Problem des Migranten ist nicht die Integration, sondern die *Identität*. Die Achtung seiner Autonomie. Dazu Sennett: »Autonomie bedeutet, dass man an anderen Menschen akzeptiert, was man nicht versteht. Wenn ich das tue, behandele ich andere als ebenso autonome Wesen wie mich selbst. Wer Schwachen oder Außenseitern Autonomie zubilligt, der belässt ihnen ihre Würde. Und dadurch stärkt man zugleich den eigenen Charakter.«

Es gibt keine Alternative zu einer multikulturellen Welt. Das ist eine Wirklichkeit. Dass das von den Konservativen samt ihrem Kanzler Helmut Kohl jahrelang hartnäckig ignoriert wurde, eine andere Wirklichkeit. Eine weitere Wirklichkeit ist, das jede Form der »Integration« per Definitionem von der Ungleichheit des Gegenübers ausgeht. Ungleich in wirtschaftlicher, sozialer und kultureller Sicht. Ungleich in Rasse und Klasse. Demnach kann eine »Integrations*politik*« nur diese Ungleichheit fortsetzen und befestigen. In der »Integration« fehlt der Moment der Gegenseitigkeit. Aber wenn wir »die trennende Ungleichheit unerwähnt lassen, erhält der unausgesprochene Unterschied nur noch größeres Gewicht«, warnt Sennett.

Und der »unausgesprochene Unterschied« liegt nicht ursächlich in den fehlenden Sprachkenntnissen, sondern in der Religion, im *Islam*, mit dem sich die westliche Welt schon immer schwergetan hat. Mit einem »Gott will es so« fing es im Mittelalter an und dauerte dann blutige 300 Jahre als »Heiliger und gerechter Krieg«, aber es ging schon damals nur um die Macht in Europa und im Vorderen Orient.

Heute nun düpiert der wirtschaftlich expandierende Westen geschlossen die morgenländische Ethik, weil die einen anderen Begriff der Moderne beansprucht. Dabei übergeht er, dass sich jeder fundamentalistische Geist der Aufklärung verweigert, in allen Religionen.

Um kein Missverständnis aufkommen zu lassen, möchte ich betonen, dass es mir mit keiner Zeile um irgendeine Deutungshoheit der einen vor der anderen Religion geht. Aber der »unausgesprochene Unterschied« ist mehr als ein Sprachproblem von ein paar türkischen Einwanderern. Es fehlt an Wissen und Bildung – auf beiden Seiten. Und die Leidtragenden sind immer die Schwächsten. Die, die unsichtbar bleiben, weil sie sich am allerwenigsten wehren und erklären können. Wie zum Beispiel ein Großteil der zugereisten Mütter aus dem arabischen Raum.

Frau zu sein ist ja bekanntermaßen sowieso schon einer der schwersten Jobs überall in der von Männern dominierten Welt. In jeder Hautfarbe und in jeder Religion. Aber eine der härtesten Prüfungen für eine Frau, die weder lesen noch schreiben kann, ist es, eine *Mutter* in der Migration zu sein, die obendrein komplett von ihrem Mann abhängig ist. Mit fünf oder mehr Kindern leben diese Frauen in der Regel isoliert von der restlichen Gesellschaft in einem hilflosen Spagat zwischen ihrer Herkunft und dem neuen Leben. Sie sprechen ihre Muttersprache, halten Kontakt zu den Verwandten, sammeln deren Fotos, kochen und beten wie ihre Vorfahren. Und gleichzeitig müssen sie ihre Kinder in das neue Leben begleiten, das sie selbst weder kennen noch begreifen.

Von ihren Männern ist keine Hilfe zu erwarten, denn Kindererziehung ist in ihren Kulturen ausschließlich Frauensache. So können die völlig überforderten Mütter nur ratlos zuschauen, wie sich ihre Kinder nach und nach von ihnen ab- und der neuen Welt zuwenden. Dabei fühlen sich die Kinder ihrerseits ungeliebt, ortlos und alleingelassen und reagieren ihre Ohnmacht auf den Straßen ab.

Diese Mischung aus Überforderung und Isolation birgt ein hochexplosives Gewaltpotenzial und hinterlässt nur Leid auf allen Seiten. Die Übergriffe wie jüngst in den Berliner Schulen oder in den Pariser Banlieues wären zu vermeiden gewesen, wenn die Politik die Eingewanderten nicht seit Jahrzehnten an die Ränder abgeschoben hätte, als wären sie ein Haufen kulturloser Schmarotzer. Hier würde ich am liebsten ein berggroßes Knallrot auf der Leinwand sehen, mit Breughels Sprichwort für Doppelzüngigkeit: Sie trägt Feuer in der einen und Wasser in der anderen Hand.

Die Integration ist gescheitert, weil das Instrument der »Integration« ein falsches Werkzeug für ein transkulturelles Miteinander ist. Es kann nicht darum gehen, dass eine Minderheit ihr Eigenes aufgibt, um mit der Mehrheit im Gleichschritt zu marschieren. Kulturen lösen sich nicht auf wie Nescafé. Denn die Herkunft ist keine Altlast, die man durch die neue Sprache entsorgt oder mit einer neuen Haarfarbe wegätzt. Die menschliche Verschiedenheit lässt sich nicht einquetschen in ein vermeintlich einheitliches Dazwischensein, wie das Wort suggeriert. Menschen wandern herum mit all ihrer Lebensfülle, als autonome Wesen, staunen, schweigen, nähern sich, bleiben, reden, werden ähnlich, wachsen an und schwingen schließlich mit den anderen mit, als neues Instrument mit neuen Rhythmen, in einer Art kulturellem Jazz. Das ist der individuelle Binnenprozess, den jeder Einwanderer mehr oder weniger intensiv durchlebt. Das Neue wird simultan eingefügt und synchronisiert. Das ist Assimilation, die schon mit der ersten Stunde im neuen Land beginnt. »Erst wenn ein Organismus an den geordneten Beziehungen seiner Umwelt teilhat«, so John Dewey, »sichert er sich die für sein Leben notwendige Stabilität«. Dafür muss der Gesetzgeber neue, offene Instrumente kreieren und anbieten, die die Zugereisten von Anfang an zum Mitgestalten motivieren.

»Den ersten sin Tod, den tweeten sin Not, den dritten sin Brot«, hieß es bei den Torfstechern im Teufelsmoor am Ende des 18. Jahrhunderts. Diese Menschen ertrugen über Generationen hinweg die Höllen aller erdenklichen Übel, Armut, Krankheit und Pestilenz, weil sie schließlich bleiben durften und das einst geliehene Land irgendwann zu ihrem Besitz wurde.

V.
SEPTEMBERTEE

Es ist einen Weinen in der Welt,
Als ob der liebe Gott gestorben wär,
Und der bleierne Schatten, der niederfällt,
Lastet grabesschwer.

Else Lasker-Schüler, Weltende

Es fällt mir unsagbar schwer zu glauben, dass es ein Leben nach dem Tod geben soll. Mir scheint der Gedanke so absurd, so sinnentleert, als wäre jede Vernunft weggeschüttet wie Putzwasser in den Gulli. Und dennoch wünsche ich es mir aufrichtig und inniglich. Ich wünsche es mir so sehr, dass ich bereit bin, mich mit dem Tod zu versöhnen, wie mir die Stationsschwester damals geraten hat. Ich will es meiner Mutter zuliebe glauben können, dass sie nicht aufhören muss mit ihrem irrwitzigen Cocktail aus Arbeitswut und Lebenssucht. Solange es nur irgendwie ging, konnte sie es kaum abwarten, morgens aufzustehen und sich zu bewegen. Ich wünschte, es gäbe irgendwo einen Ort, wo sie nicht mehr ans Bett gefesselt liegen muss, wie in den letzten Wochen im Krankenhaus.

Aber es gelingt mir nicht. Ein Leben nach dem Tod ist mir nicht vorstellbar. Denn ich stand dabei, als das Ende durch ihren Körper zog. Ihre Haut wurde blau, erst am Nacken, dann an den Fersen. Danach öffnete sie noch einmal die Augen nach dem tagelangen Morphiumkoma, sah mich an mit einem weidwunden Schreck, als würde sie gegen ihren Willen weggerissen, bewegte die Lippen wie bei einem Hilferuf, und plötzlich war alles Lebendige aus ihr verschwunden. Von einem Lidschlag zum nächsten war meine Mutter weg. Stumm und still. Und draußen schwebte eine daumengroße, weiße Feder langsam am Fenster vorbei, von schräg links oben aus dem Schatten herunter nach rechts hinaus ins helle Sonnenlicht.

Ich habe ganz deutlich gesehen, dass ihr Blick nicht gehen wollte und ihr Blut trotzdem aufgehört hat zu kreisen. Habe erlebt, wie sie aufgehört hat zu atmen, zu denken, zu wollen, zu sehen, zu sprechen. Alles in ihr hat einfach *aufgehört*. Von jetzt auf gleich: Der Tod zeriss sie wie Papier. Irgendwann in den Sekunden zwischen 14.58 Uhr und 15.01 Uhr.

Und als sie am nächsten Tag zum Abschied für

Freunde, Nachbarn und Bekannte aufgebahrt auf einem kalten Metallbett lag, war sie eine Andere geworden. Nicht anders im Sinne von fremd, wie eine Unbekannte. Nein, sie war anders in ihrem innersten Wesen geworden. Sie war weggerutscht in eine andere Geschichte. In eine steinschwere Stille, ohne Wind und Licht. Und ohne Gott.

Da lag eine Frau in den Kleidern meiner Mutter, mit denselben Schuhen und derselben Frisur und erinnerte an sie wie ein unscharfes Foto. Eine »körperliche Substanz«, wie Descartes sagt. »Eine Ausdehnung in Länge, Breite und Tiefe«, die bloße Reduktion auf einen Körper, der stehengeblieben ist, ohne Blick und ohne Klang.

Endgültig abgelöst. Nicht umkehrbar.

»Sie gehört uns nicht mehr«, stotterte ich, als meine Schwester tränenüberströmt und hilflos fragte, ob sie unsere Mutter noch ein letztes Mal fotografieren sollte. Dass sie anders war, fiel ja kaum auf, die Besucher staunten, wie schön sie sogar noch im Tod sei. Das hätte ihr gefallen, denn sie hasste es, nicht gut auszusehen.

Aber wem oder wohin gehörte sie jetzt? Wem konnte sie in diesem Zustand zugewandt sein? In welcher Geschichte weiterleben und mit wem?

Wie gesagt, ich schaffe die Vorstellung eines

Weiterlebens nach dem Tod nicht, obwohl die Phantasie für mich der einzige Raum ist, in dem alles denkbar ist, ein mir bestens vertrauter Ort, als Asyl und Bodyguard, Arzt und Therapeut. Aber das Nichts kennt keine Farbe und keine Form, wie zum Beispiel die Natur, hat keine Platzhalter oder Stellvertreter wie Gott. Der Tod ist gesichtslos.

Da hilft auch kein Rilke, kein Goethe und kein Kategorischer Imperativ. Den Toten sowieso nicht und den Lebenden auch nur sehr bedingt. Denn die unauflösbare Paradoxie macht fast irre, so dass ich trotzdem irgendeine Idee brauche, um meine Mutter nicht allein zu wissen mit der Panik in ihren Augen. *Ich*, die Zurückgebliebene, brauche für *mein* Weiterleben irgendeine Vorstellung über das Danach, wie absurd sie auch immer sein mag: Ich bin bestechlich und bereit zu jeder Hirnwäsche. Himmel, Äther oder Nirwana. Egal. Mir ist jeder Prediger recht, jedes noch so absurde Jenseits, das mir verspricht: es geht meiner Mutter gut und sie ist frei von Schmerzen. Also gehe ich in den Kölner Dom und zünde Kerzen an, lasse von Imamen das Totengebet Mevlut lesen und bete, dass es – hoffentlich und inshallah! – einen Gott, einen Allah oder einen anderen Weltgeist geben möge, der ihr die Hand hält und sie zum Lachen bringt, so laut und so lange, als würde ein Sack Kieselsteine auf Marmor prasseln.

Während der Krankheit war die Beziehung zu meiner Mutter fast religiös geworden. Es gab kein Warum mehr zwischen uns. Alle Fragen und Zweifel waren geschmolzen wie Eiswürfel. All diese platten alltäglichen Kontrollphrasen. Wo gehst du hin? Wann kommst du wieder? Wie lange dauert es noch? Wieso ziehst du das an? Leere Worte.

Die anderen, die dunklen Worte wie Krankheit oder Tod, lehnte sie sowieso immer mit einer Koransure flüsternd ab, damit wir davon verschont blieben. Inshallah!, sagte sie.

Meine Mutter war eine gläubige Fatalistin und fest überzeugt, wenn man anständig lebt und handelt, dann bleibt man von schlechten Dingen verschont.

»Es geschieht sowieso, was geschehen wird«, erklärte sie mit geradem Rücken und in klarem Ton, denn wir seien alle in Allahs Hand, das sei unser Kismet, ob »filosoff oder pusfrau«.

Ich bin mir ziemlich sicher, dass diese fast kindlich naive Sicht auf das kommende Grauen der Leukämie sie wie eine Tarnkappe vor einer großen Panik geschützt hat. Denn sie schien fast zwei Jahre lang kaum zu bemerken, dass die dunklen

Worte, die sie trotzig ignorierte, bereits unter ihrer Bettdecke lauerten, sogar längst ihr Knochenmark besetzt hielten, sich wie ein Serum nach und nach in allen Organen ausgebreitet hatten. Aufgeregt wie ein Kind vor Weihnachten und frei von jeglichem Misstrauen stimmte sie jeder neuen Medikation zu, die ihr wieder Heilung und Helligkeit versprach. Ungeduldig bat sie die Ärzte: »Doktor, Sie mir geben Gift, bitte, und machen Würmer in Knochen weg! Dann ich gehen nach Hause – inshallah!«

Es war gut und richtig, monatelang einfach nur zusammen zu sein, wie Baum und Blatt, Tag und Nacht in einem winzigen weißen Zimmer mit Toilette. Wir waren verschweißt in der Angst vor der Krankheit. Nicht um das bislang Ungesagte noch zu klären, wie mir die Ärzte rieten oder unsere Beziehung zu intensivieren oder zu überprüfen. Unsere Beziehung brauchte weder das eine noch das andere – es genügte ihr und mir, in Reichweite zu sein. Da zu sein, wenn das Nachthemd gewechselt werden musste oder die Schmerzmittel nicht mehr wirkten, sie zu massieren, wenn ihr die Beine kribbelten, oder ein Essen zu kochen, auf das sie noch Appetit hatte.

Nachts, wenn die bekannten Konturen verschwanden und das Unwägbare wie ein Pelztier die Sinne verstopfte, war die körperliche Nähe sogar unentbehrlich. Seltsamerweise wurde ich während der Zeit kaum müde, ihrem kranken Schlaf zuzuhören, stundenlang derselbe zähe Rhythmus, ein bleischweres, leicht krächzendes Atmen im gedimmten Licht, zwischen gläsernen Schläuchen, die ich wie ein Wachposten nicht aus den Augen lies.

Irgendwann brauchte auch ich helle Gedanken, wie meine Mutter, und fing an zu glauben, dass das Gift aus den Schläuchen ihr Knochenmark ganz sicher von allen Würmern säubern würde. Gott kann nichts anderes wollen, dachte ich mir. Er kann nicht wollen, dass meine Mutter stirbt, denn sie selbst will leben! Gott und Tod passen nicht zusammen. Ich hatte doch gelernt, dass es einen großen Gott gibt, der Licht bedeutet und Hoffnung. So einer kann doch unmöglich wollen, dass meine Mutter oder die junge Frau nebenan, Mutter von drei kleinen Kindern, in einen Sarg muss. Oder die anderen Männer und Frauen, die ich über drei Jahre hinweg auf dem Gang erlebt hatte, die sich an ihre Infusionsständer klammerten, als wollten sie auf eine Pilgerreise. Das kann er unmöglich wollen, dachte ich immer und immer wieder.

Aber Gott war das scheißegal. Er hat sie alle sterben lassen. Dieser so hoch gepriesene allmächtige Gott mit all seinen geschwätzigen Stellvertretern ist nur ein Sugardaddy, der Hoffnung als Zuckerwatte verteilt. Wenn es ums Sterben geht, verdrückt er sich.

Es war, als hätte meine Mutter geahnt, dass im entscheidenden Augenblick kein Verlass auf ihn ist. Obwohl sie ihr ganzes Leben lang eine beharrlich praktizierende Gläubige war, und auch im ersten Stadium der Krankheit trotz ärztlichem Verbot noch fastete und trotz der unerträglichen Gelenkschmerzen keines der täglichen fünf Gebete versäumte, nahm sie in ihren letzten Wochen weder das Gebetbuch noch die Gebetskette in die Hand. Als wehrte sie sich bei ihrem Ende gegen einen göttlichen Beistand. Sie hatte leidenschaftlich gern gebetet, um am Leben zu bleiben. Sie wollte nicht beten, um angenehm sterben zu können. So unverstellt, wie sie gelebt hatte, so ehrlich stand sie jetzt auch an der letzten Ausfahrt. Sie hatte Angst, und nichts und niemand hätte sie trösten können.

Offensichtlich hilft bei echter Not weder der große Gott noch seine Offenbarung, egal in welcher Schrift, egal in welcher Sprache. Das Sterben ist eine gottfreie Zone. Und trotzdem zünde ich weiterhin Kerzen an in jeder Kirche, lasse auch weiterhin in der Dorfmoschee das Totengebet für meine Mutter lesen und suche in Büchern nach Erklärungen, wie mein Vater, weil sich die dunklen Worte nicht von allein erklären wollen. Dann denke ich, vielleicht hat Rilke, der Poet, doch recht, und wir sind alle nur ein »großer Gesang«, dazu verdammt, jahrtausendelang immer und ewig »um den alten Turm zu kreisen«. Oder vielleicht müssten wir tatsächlich erst einmal alle Götzen umwerfen, wie Nietzsche fordert, um ganz neue Perspektiven zu entdecken.

Wie auch immer, ich kann mich für keine der Theorien entscheiden und schaffe es auch immer noch nicht, mir irgendein Jenseits vorzustellen, wo unsere Toten um die Sterne flanieren sollen. Aber ich habe in der Zwischenzeit einen anderen Gott entdeckt, einen, wie Descartes sagt, mit dem wir geboren werden, einen, der die Hände meiner Mutter in mich gestanzt hat und ihre vollen Lippen in meine Schwester, der ihre melancholischen Augen an mir sehen wollte und die unbändig kräftigen Haare an ihrer jüngeren Tochter. Er ist der Gott der kleinen Dinge, ein Stückchen Unsterblichkeit, versteckt in Genen und Erziehung, der sichtbar wird, wenn ich putze, den Tisch decke oder die Socken stopfe. Dann sagt jeder, ich hätte dieselben Hände wie meine Mutter.

Leider kann ich nicht so unvergleichlich gut kochen oder backen wie sie, weder das tscherkessische Walnusshuhn noch den deutschen Nusskuchen, auch der türkische schwarze Tee schmeckt nicht wie der, den meine Mutter aufsetzte. Mir fehlt das Häkeln, ihre nimmermüden Hände und der Ort, an dem ich ihn mit ihr zusammen getrunken habe. In der neuen Wohnung meines Vaters erinnert nichts mehr an die kleinen Rituale meiner früheren Besuche. Auch wollte er weder die goldberandeten Teegläser noch die beiden silbernen Kannen mitnehmen. In seiner kleinen Küche hätte er zu wenig Platz, sagte er.

Jetzt stehen sie in meinem Küchenschrank, und obwohl ich eigentlich viel lieber Kaffee trinke, gibt es einmal im Jahr einen ganzen Monat lang nur Tee nach orientalischem Vorbild: In der großen Kanne köchelt das Wasser, in der kleinen darüber zieht der Tee im heißen Dampf. Vom ersten September früh bis zum dreißigsten September spätnachts, setze ich täglich frischen schwarzen Tee auf. Allerdings trinke ich ihn mittlerweile auch nur mit einem einzigen Stück Zucker.

Ein türkisches Sprichwort sagt: Selbst wenn eine Uhr stehengeblieben ist, so zeigt sie doch zweimal am Tag die richtige Zeit. Und so kommt auch der September unbeirrbar jedes Jahr zurück, reißt fast versunkene Bilder wieder auf und bringt neue zum keimen. An einem windigen Septembertag 1962 sind wir in Deutschland angekommen, an einem regnerischen Septembertag 2005 haben wir meine Mutter für immer zurückgebracht.

Vielleicht wäre der Umzug meiner Eltern nach Deutschland nicht wirklich nötig gewesen, wir hätten sicher auch in der Türkei überlebt, irgendwie. Aber wenn Freud recht hat, dass wir vom Leben nur das große Glück fordern, dann *mussten* meine Eltern das tun, was sie getan haben. Denn damals, als junges Paar mit zwei kleinen Kindern und ohne Geld, waren sie unglücklich, genauer gesagt, sie wollten glücklicher sein.

Aber ich gestehe, dass ich, obwohl ich hier ein gutes Leben hatte, die Frage meines arbeitslosen, jüngsten Cousins Ibrahim nicht beantworten kann, ob er in der Türkei bleiben oder auswandern soll. Ich erinnere ihn dann an das türkische Sprichwort über den, der alles will: Dass es keine vier Viertel im Leben gibt und man immer Kompromisse schließen muss. Die Entscheidung, welche man schließen kann oder will, trifft jeder für sich allein und muss auch allein mit den Folgen fertig werden. Denn eine weitere Eigenschaft des Glücks ist, dass es nicht bleibt, sondern nur ein »episodisches Phänomen« ist.

Vor einem Jahr, als ich endlich wieder zum Grab meiner Mutter fahren konnte, erzählte mir Ibrahim von der Not im Dorf und dass es nun gar keine Arbeit mehr gäbe. Die Gardinenfabrik war geschlossen worden, und von der Landwirtschaft allein könne die vierköpfige Familie nicht mehr leben. Das hundertjährige Lehmhaus meiner Großeltern ist mittlerweile so baufällig, dass es eigentlich abgerissen gehört. Aber es fehlt an Geld, ein neues zu bauen. Sie könnten nicht einmal zum Arzt, um die schwer herzkranke Mutter behandeln zu lassen. Was solle er nur tun? Er hat ja auch nichts lernen können, weil es kein Geld für die Schule gab. Aber er kann doch nicht bleiben und zusehen, wie es täglich noch unerträglicher wird.

»Natürlich kannst du das nicht«, stimmte ich ihm zu und wusste, dass er bald gehen würde, wie meine Eltern auch und Millionen anderer auf der ganzen Welt. Jedoch, sagte ich, sollte er sich auch im Klaren darüber sein, dass er vielleicht nicht mehr zurückkehren würde, wie die meisten, die weggegangen sind, um sich ein besseres Leben zu suchen. Deshalb riet ich ihm, bevor er die Koffer wirklich packt, sich unbedingt mit drei Fragen zu beschäftigen: Schaffe ich es allein, ohne die familiäre Rückendeckung? Bin ich in der Lage, mich selbst zu verändern? Und wo will ich begraben sein? Denn für die Hinterbliebenen ist gerade diese Frage mehr als nur eine geographische Entscheidung.

Für mich war die Rückkehr meiner Mutter in mehrfacher Hinsicht ein tiefsitzender Schock. Zum einen was die Art ihrer Bestattung betrifft, die mir fremd war, zum anderen, weil sie jetzt so weit weg ist, als wäre sie spurlos verschwunden.

Du musst wissen, sagte ich meinem Cousin, dass nichts mehr so sein wird wie vorher. Jeder Auswanderer muss sich darüber im Klaren sein, dass diese Reise auch eine unumkehrbare Veränderung des eigenen Lebens zur Folge hat. Es ist unmöglich, unberührt zu bleiben vom Alltag in einer anderen Sprache und den neuen Menschen, mit denen man Tür an Tür wohnt, von deren Religionen und Ritualen. Spätestens die Kinder und

Enkelkinder werden die Beteiligung am neuen Leben einfordern. So wie es bei uns der Fall gewesen ist.

Als meine Schwester und ich die ersten geschmückten Weihnachtsbäume sahen, gab es für meine Eltern kein Zurück mehr. Wir haben so lange gebettelt, bis auch wir eine kleine Tanne mit Lametta und glänzenden Kugeln im Wohnzimmer stehen hatten. Die Wangen rot vor Aufregung und Freude, nun auch wie die anderen um uns herum zu sein, putzten wir freiwillig die ganze Wohnung und zogen unsere schönsten Kleider an. Drängelten unsere Eltern, bis auch sie in Sonntagskleidung an unserem erstmals weihnachtlich gedeckten Esstisch saßen. Meine Schwester sprang noch einmal auf und holte den schweren Fotoapparat in einer Lederbox aus dem Schlafzimmer, damit der Vater unser Kinderglück dokumentiert: Wir stellten uns beide Hand in Hand vor *unseren* Tannenbaum, klick. Danach bauten wir uns auf wie auf einem Siegertreppchen, rechts meine kleine Schwester strahlend, die glitzernde Trophäe zwischen uns und ich links daneben, auf den Baum deutend. Klick. Schließlich noch ein letztes Bild mit meiner Mutter am Weihnachtstisch mit einer brennenden Kerze als einziger Dekoration. Klick.

Schon im drauffolgenden Jahr gab es dann, wie bei unserer Nachbarin im ersten Stock, einer Witwe, auch bei uns selbstgestickte Platzdeckchen mit grünen Tannenzweigen und roten Kerzen und einen saftigen Nusskuchen. Meine Mutter hatte sich die Stickmotive von der Nachbarin abgezeichnet und das Rezept aufgeschrieben.

Mit einer ähnlichen Begeisterung führten wir im folgenden Frühjahr auch das Osterfest bei uns ein. Meine Mutter färbte kiloweise Eier in allen Farben, holte sich weitere Stickmotive von der Witwe für neue Platzdeckchen mit Häschen im Korb. Wir zogen wieder unsere schönsten Kleider an, und mein Vater fotografierte, wie wir mit glänzenden Augen ein verstecktes Ei hinter dem Kissen entdeckten. Klick.

Dieses Mitfeiern bedeutete keineswegs, dass wir nun zum Christentum übergetreten waren. Meine Mutter kochte ja weiterhin Aschüre zu Ramadan und backte Baklava zum Opferfest. Es ging auch niemals um eine Deutungshoheit der islamischen Feste gegenüber den christlichen. Diese neuen Feste gehörten eben zu den neuen Menschen, mit denen wir lebten. Es war ein Gebot der Höflichkeit und des Anstands, daran teilzunehmen.

»Wer sich nicht anpasst, versündigt sich an seinen Kindern«, sagte meine Mutter. »Die bleiben zurück und lernen nichts.«

Und zum Lernen waren wir ja schließlich hierhergekommen. Ohne die geringste Ahnung, was das Gelernte mit den Lernenden macht, aber auch ohne Misstrauen, dass die Anpassung möglicherweise die orientalische Identität verbiegt oder verändert. Mein Vater ist bis heute der Überzeugung: Wer sich neuen Anforderungen verschließt und nur aus der Konserve der Herkunft löffelt, ist unterernährt und bleibt dumm.

Mein Cousin hörte lange und schweigend zu. Dann fragte er: »Was heißt: ohne familiäre Rückendeckung? Haben die denn dort keine Familien?«

»Natürlich haben sie«, sagte ich. »Aber es zählt das Glück des *Einzelnen*, seine *Selbstverwirklichung*, nicht das Wohlergehen und die *Ehre* der *Familie*. Sicher haben beide Systeme ihre Vor- und Nachteile. Mit der Familie als Rückendeckung lassen sich persönliche Schwächen besser verstecken, während die Gesellschaft der Einzelmenschen sie gnadenlos bloßlegt. In der Gemeinschaft spürt der Einzelne den Druck der Veränderung nicht so deutlich, der Einzelgänger hingegen ist ihr ausgeliefert. Dagegen fördert dasselbe System mit größter Hingabe seine Selbstverwirklichung. Das heißt nicht, dass es den Wunsch danach nicht auch in eurem System gibt und dass dieses Ich-Gefühl nicht auch irgendwann bei euch auftaucht, in einer Lebenskrise zum Beispiel oder während einer Krankheit. Wie bei meiner Mutter, die in ihrer Gemeinschaftsidentität so fest verwurzelt war, dass sie nicht nur das Wort *Selbstverwirklichung* nicht kannte, sondern nicht einmal ahnte, für welche Gedanken und Gefühle es steht. Bis zu jenem sonnigen Februarmorgen im Jahr 2003, nach der ersten langen Chemotherapie, als die verhassten »Würmer« in ihrem Körper besiegt zu sein schienen. Da setzte sie sich plötzlich auf, streckte die Beine im Bett wie ein Kind, legte die Hände auf die Knie und sah lange vor sich hin. Mit ihrem kahlen Kopf und den weit aufgerissenen Augen erinnerte sie an den »Schrei« von Edvard Munch. In ihr war dieselbe verschreckte Stille wie in dem Ölgemälde. Dann sprach sie langsam, als würde sie etwas ablesen:

»Das Einzige, was ich in meinem Leben bedauere, ist«, sie schluckte und wartete, als ob sie den Satz erst noch zu Ende aufschreiben müsste, und begann leicht krächzend wieder von vorn: »Das Einzige, was ich in meinem Leben bedauere, ist, dass ich nie wirklich glücklich war. Und wenn ich wiedergeboren werde, will ich einen Mann, der mir sagt: Ich liebe dich.«

Nach einer kleinen stummen Stille sah mein Cousin beschämt weg und strich sich mit beiden Händen über den Kopf. Ich wurde unsicher, ob ich eine kulturelle oder persönliche Grenze überschritten hatte. Dann stand er wortlos auf, ging aus dem Zimmer und mied bis zu meiner Abreise jeden Blickkontakt. Er lebt noch immer im Dorf Köprübaşı, mit seinen zwei Geschwistern und seiner kranken Mutter auf sechzig Quadratmetern. Und muss als Dreißigjähriger, gemäß der tscherkessischen Sippengesetze, die Hochzeiten der beiden älteren Geschwister abwarten, bevor er selbst eine Frau lieben und heiraten darf.

Selbst wenn er nie aus dieser Zwangsjacke seiner Sippengesetze flüchten würde, weiß ich, dass er nicht mehr lange dort bleiben wird. Seiner Mutter geht es von Tag zu Tag schlechter. Er wird bald aus Geldnot gehen müssen, irgendwohin, bereit zu jeder Arbeit, »denn schlimmer, als es in der Gardinenfabrik war, kann es nie wieder werden«, sagt er. »Nicht einmal als ungelernter Leiharbeiter in Deutschland oder anderswo in Europa.« Aber er überlegt noch. Weil es eben nicht so einfach ist weg zu gehen.

Auch wenn aktuell wieder mit einer Art Integrationsoffensive so viel Wert auf Sprachkenntnisse gelegt wird und Migranten getestet werden sollen, ob sie »fit genug sind für Deutschland?«, wie die »Welt« schrieb, so bin ich überzeugt, dass kein Fragenkatalog die Einstellung der hiesigen Gesellschaft ändern noch die Zugereisten zum Mitmachen motivieren wird.

»Das Beste wird nicht deutlich durch Worte«, sagt Goethe im »Lehrbrief« des Wilhelm Meister. »Der *Geist*, aus dem wir handeln, ist das Höchste.« Und dieser Geist findet sich weder in dreihundertfünfzig deutschen Worten noch in dreißig Fragen eines Einbürgerungstestes, weder an runden Tischen mit den »ausländischen Mitbürgern« noch im Multikultikarneval. Dieser Geist, um in *echter Achtung* miteinander zu leben, braucht die Einsicht in die Notwendigkeit und die Bereitschaft zum *gemeinsamen Handeln*.

Ich glaube auch nicht, dass die Auswanderung allein oder das »am Rande stehen« per se eine Chance ist. Die Slums der Welt beweisen das Gegenteil. Da hilft kein Glückskeks und keine Zitatensammlung.

Der distanzierte Blick weckt nicht automatisch die Neugier auf das Unbekannte. Er ist für sich gesehen auch kein Talent und befähigt nicht automatisch zu einem respektvollen Verhalten. Nicht jeder an den Endstationen fragt sich »Wer bin ich«? Nicht einmal jeder, der in die Mitte der Mehrheitsgesellschaft geboren wurde. Obschon die Mitte heute eine andere geworden ist, als sie es in meiner Kindheit war. Sie ist internationaler. Ein Deutscher ist heute gleichzeitig ein Europäer in einer kulturpolitischen Allianz und zugleich ein Weltbürger im globalen Wettbewerb. Die aus Afrika adoptierte Tochter meiner »einheimischen« Nachbarn, der Sohn des persischen Zahnarztes und der deutschen Psychologin und meine Tochter, die türkisch-österreichische Kölnerin, sind nur drei Beispiele aus dieser stetig wachsenden internationalen deutschen Mitte. Ein Auslandsstudium ist nicht mehr die Ausnahme für ein paar Privilegierte, sondern wird mehr und mehr zur Regel. Die Tochter einer Verlagsassistentin will nach London, die Söhne eines Berliner Kollegen haben sich Los Angeles ausgesucht.

Meine Tochter, die sich für ein Studium in Toronto entschieden hat, schrieb mir vor einer Woche, dass ihr die Frage nach dem »Wer bin ich?« sogar überflüssig erscheint. Sie sei ihr außerdem zu statisch. Sie selbst überprüfe sich durch ein »Wer will ich sein?«, »weil ich davon ausgehe«, schreibt sie, »dass man wächst, solange man sich mit sich selbst auseinandersetzt. Und das ist ein dynamischer Prozess eines dynamischen Ichs. Ich finde es spannend, dass es immer mehrere Antworten gibt und dass die genauso dynamisch sein können wie Fragen.«

Es mag seltsam klingen, aber mir war, als hätte sich plötzlich ein Nebel gelichtet. In mir wurde es hell. Ich war zutiefst erleichtert und glücklich über diese Antwort. Darin schwingt jene Leichtigkeit und Gelassenheit, die ich an der »Einheimischen« Françoise Sagan immer bewundert habe und die ich als junger Mensch selbst nie hatte denken können.

Ich bin mir nicht sicher, ob jede Generation tatsächlich so verschieden »wächst«, aber ich bin mir sicher, dass sie andere Fragen findet als ihre Vorfahren. Dass sich meine Tochter eine »dynamische« Frage stellt und sich nicht wie eine Topfblume auf dem Fensterbrett fühlt macht mich froh wie alle Eltern, die sich ein besseres Leben als das eigene für ihre Kinder wünschen.

Denn »Wer will ich sein?« fragt sich nur jemand, der weiß, wohin er gehört, oder der sich sicher ist, *dass* er irgendwohin gehört. Jemand, der ein emotionales und kulturelles Zuhause hat. Der fliegen kann, weil er verwurzelt ist, wie ein indisches Sprichwort sagt.

»Ich komme wieder zurück, Mami«, sagte meine Tochter vor ihrem Abflug nach Toronto. »Versprochen!«

Es war ein selten schöner, sonniger Septembertag, als sie sich auf den Weg machte, um die zu werden, die sie sein möchte.

EPILOG

Man fragt mich immerzu nach
meiner Heimat,
aber *Heimat*
ist nicht mein Problem.
Meine Heimat sind die Tage,
an denen ich atme,
sehe und Worte finde,
fassen und laufen kann.
Ich habe ein Asyl bei Gott,
auf Lebenszeit!
So lautet der Vertrag.

Sie sehen,
Heimat ist nicht mein Problem.
Mein Problem ist:
Ich habe kein *Zuhaus*,
nicht die Sicherheit,
eine Lücke auszufüllen,
dazuzugehören,

so selbstverständlich
wie die Wurzeln an den Baum
oder das linke zum rechten Bein,
daran fehlt es mir,
an Verbündeten und Vertrauen,
eben an einem *Zuhaus*.

Das ist kein Wohnsitz,
mit Klingel und Namensschild,
kein Mauerwerk gegen die Kälte,
keine bezahlte Unterkunft,
ich werde immer unterkommen,
außer mein Verstand kündigt mir –
nein,
mein Problem
ist nicht der Briefkasten an der Tür,
mein Problem
sind die Briefe in mir.
Wem schreibe ich,
wie gut mein Kind gelungen ist?
Wem, dass ich mich um sie sorge?
Wer denkt an ihren Geburtstag,
wenn ich nicht mehr bin?
Wer weiß noch von meinen Tränen,
als ich zur Schule ging?

Es mangelt mir
an *Verwandten*,
an Menschen,
die mir ähnlich sind,
an Menschen,
zu denen ich gehöre,
die mich vermissen,
wenn sie gemeinsam sind,
wenn sie sich erinnern,
wenn sie feiern, wenn sie trauern.

Es gibt niemanden,
der mir angehört,
der sich mit mir teilt,
den Onkel, die Nichte,
einen Freund
oder
die gemeinsame Geschichte.
Darin liegt mein Problem.

Wer stellt sich dazu,
wenn man mich abseilt
in die andere Welt,
wer lockert regelmäßig die Erde,
damit ich nicht zu schnell verwese?
Wer pflanzt einen Maulbeerbaum,

redet mit meinen Resten,
wer bringt mir Musik,
die ich so liebe?

Wer vergisst die Fehler,
die falschen Nächte
und blättert stolz
in meiner Schwäche?

Wer?
Und wo?
Wo – werde ich liegen
Und neben wem?
Wissen Sie,
das –
das ist mein *wirkliches* Problem –
neben *wem*?

DANK

Ich danke meiner Lektorin Franziska Günther, ohne die dieses Buch in dieser Form nicht hätte erscheinen können. Ich danke ihr für die immer sehr hilfreichen Ratschläge und ihre ermutigende Unterstützung.

Danken möchte ich auch meiner Tochter Ayshe, die mir immer in jeder Frage ein geistreiches und seelenvolles Gegenüber ist.

Und ein besonders großer Dank im Namen meiner ganzen Familie geht an das Ärzte- und Schwesternteam der Onkologie-Station 22 des Siloah Krankenhauses in Hannover. Wir danken ihnen für ihr außergewöhnliches Tun an jedem einzelnen Tag, für ihre Hingabe und Menschlichkeit bei der Betreuung meiner Mutter.

Günter Krenn
Romy Schneider
Die Biographie
Mit 68 Abbildungen
415 Seiten. Gebunden
ISBN 978-3-351-02662-2

Die letzte Diva des 20. Jahrhunderts

Ihre Tragik war ein Dasein zwischen höchstem Ruhm und existentiellem Scheitern. Anders als andere Biographen zeichnet der renommierte Filmexperte Günter Krenn Romy Schneiders Leben nicht allein anhand ihrer Skandale nach, sondern nimmt ihre mehr als 60 Filme in den Blick. In unablässiger Folge drehte sie mit den berühmtesten Regisseuren ihrer Zeit, wie Claude Chabrol, Orson Wells, Luchino Visconti, und verausgabte sich dabei körperlich und seelisch völlig – getrieben von dem Ziel, das verhasste Image der »Sissi«-Filme loszuwerden. Das faszinierende Leben einer Diva – brillant geschrieben und gestützt auf umfangreiches, teilweise bislang unerschlossenes Material sowie Gespräche mit Karlheinz Böhm, Volker Schlöndorff, Bertrand Tavernier, Jean Rochefort u.a.

Mehr Informationen erhalten Sie unter
www.aufbau-verlagsgruppe.de oder in Ihrer Buchhandlung